文刻回憶

獻給最思念的你

急診室醫師
田知學——著

推薦序

急診室——幾乎沒人喜歡，但幾乎每個人一生總會來過幾次。

有些生命迫不及待地在這裡開始（急產），也有更多的生命在這裡畫下句點，縱使他不圓滿，但這就是每天在急診室反覆重播的人生戲碼。

田醫師用她的專業服務急診室有醫療需求的病人，用她的熱情走遍山地離島推行原住民急救教育。同時，田醫師藉由天主賜予她敏銳細膩的心，記下發生在每個故事主人翁背後的心情感受。

的確，同理心不是條單行道。同理是因為上天賜予了我們良善的內心，同理是因著我們所扮演的角色，同理更是因為回應彼此間的體諒關懷。

田醫師藉由懷念父親的思念，將多年的急診心情，化為《父刻回憶》一書。無論你是急診工作同仁，還是急診病人或家屬都能夠透過《父刻回憶》，讓彼此更了解、更包容，也能讓同理心自然地流露，讓急診室永遠有春天。

沙爾德聖保祿修女會醫療財團法人 聖保祿醫院

醫療副院長 賈蔚

推薦序

不知道我們的急診部主任，一個看似個性堅強，性情爽朗，做事果斷的小個子女性，竟能運用如此巧妙又感性的文筆，藉著對爸爸的思念，勾引出無限的想像與連結，也讓讀者的心，隨著作者如夢如幻的故事，時而飄到布農族，時而闖進急診室，把人間的親情與生命的意義，刻畫得淋漓盡致。

振興醫院院長 魏崢

作者序

小時候深山裡夕陽西下之後，真的有所謂的「滿天星斗」。

有一段時間，甚至天真地認為是爸爸你下班回到家之前，先跟上帝祈禱，祂將星星灑滿天際，把我們晚餐後的約會場布置好之後，你再牽著我的手去看星星的。緊緊握住你的手，覺得永遠緊握在我們的手之間。

一起抬頭仰望星空，很美，像作夢一樣；但對於浩瀚與未知，又覺得恐懼。可你總有辦法安慰我、把這一切轉為正能量，進而鼓勵我去作夢、築夢。

「只要妳認為可以，妳一定可以！」「如果人生是一艘船，妳就是那唯一的舵手！」爸爸你總是這麼跟我說。所以，我一直在作夢，很多夢都是爸爸你陪伴我、鼓勵我……而慢慢實現。

後來，爸爸你帶著我深刻地經歷死亡，再次面對浩瀚與未知，你還是用智慧與溫柔去消彌我的心中的恐懼、原諒自己，把一切轉為正能量，用最後的呼吸鼓勵我繼續作夢、築夢……

「跟出版社見面之前，妳想一下這本書的方向好嗎？」那天，一被通知東販要找我出版的事情，覺得不可置信。

爸爸，你一直鼓勵我要大方，要勇敢表達自己的想法和立場。漸漸地，我開始喜歡跟著你一起閱讀、分享心得，進而，我也愛上寫作，但總是停留在那為賦新詞強說愁的程度。不管寫什麼、參加過好多比賽、也投過很多稿，從一開始的玻璃心，到被退件變成可預期的狀態，爸爸你還是認真地幫我看完每一篇，給我你的想法，還有安慰和鼓勵。

那夜，掛上電話，走在街頭，像自己逛街的步調般漫無目的地想寫作的方向的時候，店家傳來陳奕迅的《好久不見》，那是你離開後，覺得最像我們的歌。

當下我懂了！謝謝你！爸爸，你還繼續守護我、守護著我的每一個夢，其實你一直都在，我知道。

Contents

chapter 2 復刻的幸福

Chapter 1

足下的現在

你先走，但從未離開

踏著沉重複雜的心情走在午夜十二點半的暗巷裡，覺得對不起很多人，最對不起的就是爸爸你了！對不起！爸爸，我沒有辦法讓媽媽快樂。

「知學！我很愛妳！」才剛坐上計程車的媽媽突然從車裡鑽出窗口，給我一個顫抖的擁抱。

「妳路上好好休息！」我心情沉重得不知道該如何回應媽媽，但至少醫學上她看起來不像精神失常的樣子。「司機先生，請你安全地送她回去。」我憂心忡忡地請託司機。

「沒問題！我本來就開夜班的，我現在精神很好。送完她我會在附近日月潭投靠親戚，睡飽再回台北。」司機很可靠地承諾著。

「多禱告！還有讀聖經！」這是爸爸你離開後，媽媽她最常唸我的事情。

很多年前，我也這樣包夜車回山上過，那次是去看爸爸你，你心臟不舒服。路上我一直哭，跟司機先生說不用理我。一到南基醫院，就衝進病房抱你！

這次媽媽路上不知道會是怎麼樣的心情。爸爸，你可以陪她嗎？你可以安慰她嗎？如果她哭了，可以代我幫她擦眼淚嗎？

＊＊＊＊＊＊

爸爸離世後，過去脾氣如風暴的媽媽，整個人沉寂下來。媽媽在成長的記憶中對我與哥哥的管教，情緒總來得快且猛，幼時的我不理解，還以為自己不是媽媽的小孩，才會被這麼粗暴的對待，記得我當時哭著認真問爸爸：「爸爸你可以誠實的跟我說，她真的是我媽媽嗎？」爸爸則總是會溫柔地安慰我，要我想著記著媽媽美好的一面。

個性這樣狂暴的母親，在父親倒下時，不改過往的愛與勇敢，每次去醫院探視前，總是精心妝扮，要給爸爸你看到狀態美好的自己。還記得你開膽囊癌的第一台刀，因為開刀時間太長，因此術後必須待在加護病房休息。終於，等到拔管了，雖然聲音非常沙啞和無力，但是記得當時能聽見你的聲音，那感覺真好，同時更慶幸的是氣色也很好。孫子們爭相把昨晚他們畫的阿公給你看，你真是好高興，還請護士將畫貼在牆上。

「茂盛，你看。我今天穿新衣服，還有新鞋子！」在握著你的手祈禱、閒聊之後，媽媽掀起隔離衣想給你看她的新裝，那是我帶著她去買的。

那時的媽媽就像一個初戀的少女……

******

你和媽媽的愛情若寫成故事，那絕對是轟轟烈烈的青春。

年輕時的媽媽相當地美麗，因此有眾多的追求者。這當中媽媽選擇經濟條件並不是特別優渥的你。也許是真愛無敵，年輕的媽媽與爸爸你即使陷入苦戀，但對彼此心意仍十分堅定。

「茂盛，趕快娶我……」當年媽媽在中壢車站淚眼汪汪地看著爸爸你。

你心疼媽媽同時告訴自己一定要履行承諾。當初你放棄原本的婚約而選擇了媽媽；媽媽也有眾多追求者，外公甚至已經準備好要讓她嫁給一位瘸腿的醫師，可她卻堅持嫁給只能負擔鐵牛禮車和鹽巴飯團婚禮的你。

她天主教、你基督教，這衝突在保守的當時，連教堂也不給辦婚禮，最後婚禮辦在老家院子裡，不僅如此新房還得和家中長輩共用。結婚隔天她就開始跟著婆家務農，第三天，你回士校服役。

婚後，她曾被認為你沒出息沒前途的外公和外婆痛打回家，他們認為如果女兒當初嫁的是那位醫師，或是另一位苦苦追求她的日本籍博士，又或是，隨隨便便一個追求者，條件都比你來得好，那麼他們的女兒就不需要過得如此辛苦。外公外婆表達遺憾的方式或許並不溫柔，可不捨的心是真切的。多年以後，外公卻告訴大家你是最孝順、最有成就的女婿。

婚後，你們並沒有童話般的「從此以後王子和公主過著幸福快樂的生活」，柴米油鹽、紛紛擾擾的現實問題，與諸多生活瑣事，導致你們的相處，有很長一段時間是在爭吵謾罵中度過。

年輕的媽媽，因為心痛而離家出走過幾次。那一次，她決定不再如此莽撞。那是在老舊水里車站，看到還在牙牙學語的我，應該是幾天沒洗澡、全身髒兮兮的領口、袖口滿滿的口水加上汗漬，臉上一抹抹乾掉的鼻涕，被戴著切掉三分之一的廢棄籃球做成帽子的爺爺抱在腿上。

爺爺和同在等公車的一群老人話家常，一個不小心，我手上那根其他老人家給的棒棒糖掉到地上，我努力掙脫爺爺的環抱，撿起棒棒糖，塞到嘴裡繼續吃。當下媽媽下定決心她走上前去，抱起我，看著爺爺說：「我們一起回家吧。」

＊＊＊＊＊＊

說到媽媽，媽媽非常漂亮，這應該也是為什麼你當初會為她痴迷的原因之一吧。你的死黨曾在你毀婚的前夕這樣勸阻你。

「你不能因為她的美麗而放棄你的未婚妻啊！」

小學勉強畢業的她很真、很直、很善良、很美麗。她的美麗很衝突，從沒看過她害怕。蟲、蟑螂、老鼠、蛇等等這些都不會讓她尖叫。

嫁給爸爸你之後，孕期連孕婦裝都沒有，她都穿你寬鬆的、已經不穿的軍服。從田裡工作回來的路上，看到一條大蛇，突然覺得應該很美味，她就把牠抓起來了。熟練地用自己的鞋帶把蛇吊綁在樹上，撕下蛇皮，到溪流裡清理一下內臟，帶回家煮湯。

孩子誕生後，同一期間你也在準備山地行政特考，媽媽依舊堅強地，一個人照顧公公婆婆還有孩子，讓你無後顧之憂。

當時，體重不過四十公斤的她，可以扛米走十幾公里的路到另一個市場，只為了多賺一斤幾毛錢的差價。清晨去山裡挖竹筍，半夜起來煮筍子，隔天清晨一樣扛去那十幾公里外的市場賣，都還沒有擺好，就開始有人搶著買。

看到人家工地不用的大捆的鐵網，問一下可不可以拿之後，她一手牽著兩個孩子，另一手扛著鐵網回家。

賀伯颱風之後，她走在部落的大馬路上，突然發現河谷那邊好像有一堆粉紅色的東西在芒草間攢動著。她帶著一群婦女下去，結果，抓了一群被颱風吹走的豬回部落。那時候，部落裡因此很多人家的院子裡都多了一頭豬。

媽媽她從不喜歡稱讚我美麗，或是鼓勵我在外表上努力。她希望我是獨立的、是正直善良的，如果未來可以有像老師一樣正當的工作就太棒了。所以當部落裡大人們聚集喝酒，媽媽把酒錢省下來給我買簿子，把她所有會的字都教我。

她做過家庭手工、打毛線、當各種臨時工人、在山上小學煮營養午餐、當小學的工友。當我放學後或是放假時，因為要去幫忙洗菜、砍草、倒垃圾，而感到丟臉，她會很生氣。她覺得自己不偷不搶，很正當地很努力地工作，即使僅小學的學歷卻可以得到工友的工作，應該引以為榮的！所以當我有驕傲自滿的態度，她會關起門來，狠狠地教訓我。

媽媽這樣務實勤儉的性格，反映在生活各個小地方，例如衣櫥裡的的衣服，也都是撿捐贈、妹妹們不要的，以及在當工友的學校老師不穿的。不過她怎麼穿都漂亮。山上小學每年的畢業大合照，媽媽雖然是在最角落位置的工友，但是最亮眼。在我看來這樣萬分美麗堅毅的媽媽，心中卻有個過不去的坎。

很小就聽說很多女人很欣賞你，這點讓她痛苦萬分。我則一直都不想知道太多。私心地、很努力地在心中保護我深愛的你美好形象，因為成長過程中，你是我的一切。

所以當媽媽把你的外遇事件清清楚楚地證實在我眼前的時候，我開始常常作有你和她的噩夢，常常莫名地哭泣。國中住校的時候更嚴重，在學校被霸凌，回到家還要面對你，想到你的外遇，想到健康教育課本上寫的男女之間，所有負面情緒混在一起卻沒有出口的心情，是很難受的。

放假回到家應該是開心的，我卻常常徹夜難眠，窩在客廳裡任憑眼前電視從有節目到畫面跑出彩色條紋訊號。熬過整夜，惡性循環的結果，星期天早上總是累到無法起身去教堂，只是一直哭……

媽媽誤以為我在鬧情緒，把我罵到臭頭。我還是同樣的反應，哭……

我也曾經對著跟你吵完架、接近瘋狂的媽媽說：「跟他離婚吧！我會努力讀書，我會照顧妳！」那時候媽媽比較少兇我，因為她需要有人站在她那邊。

「那個女的現在在國中那邊參加活動，妳去找她！罵她！」有天媽媽她歇斯底里地要求我。

我哭了：「可以不要嗎！妳沒有想過我才幾歲？就一直告訴我這些事情。妳有問過我我想要知道嗎？我真的好痛苦！」當時我年紀還小根本無法理解婚姻發生錯誤時，媽媽憤怒的情緒。

「哼！那我的苦呢？」媽媽情緒十分氣憤。

「所以，妳可以把我當作是她，生氣的時候不擇話語的罵我嗎！」我說。

「哼！妳只會跟爸爸撒嬌！妳們都一樣！」媽媽繼續將情緒丟向我，我站在原地啜泣，不知道該怎麼形容我的感受，我的世界毀了，我心中最愛的美好的你也毀了。

有時候，我會一個人騎腳踏車往山裡跑，獨自泡在深山的溪流裡發呆，或是整個人潛在水裡閉上雙眼，只聽到泡泡在水裡發出的聲音。當空氣越來越清涼，開始被霧籠罩的時候，心裡感到特別平靜。也可以在森林裡的小徑裡漫無目的地一直走一直走……後來，有一次摔車了，看著雙氧水在腿上一堆擦傷上面冒泡，整個人痛昏過去。那次之後，就很少這樣出走了。再後來，嘗試著寫信給你，告訴你我的矛盾和痛苦。

可你的事件深深影響我後來與異性的互動，這也是很之後我才意識到，原來自己會刻意破壞發展順利的感情，就為了避免面對當感情冷淡後，兩人相處的難堪。

青春期時，我開始交男朋友，因為我自己也沒察覺的心態，使得感情路總是坎坷。某次戀情結束，在一切都歸於平靜，只剩下我們兩個人的時候，你開著我們家的第一台車，那台破舊的N手車，開上高速公路可能隨時會因式分解的車。

「妳都沒有再提V同學了。」你說。

「嗯！我們分手了！他很好！不是他的錯！」我說著，同時把頭靠在你的肩膀，鼻頭酸酸的。

「我知道，他是個很不錯的男生。修養、教養都很好。」你說。

「一直沒有跟你說，同學V的爸媽好像不太喜歡我。我每每到他的家作客，V的爸媽總是把我當空氣，別人說話他們都會回應，可是當我說話時，他們態度像是對待空氣，什麼都沒聽見，也完全沒有反應。」我說，你皺著眉頭聽。

「同學V的雙親對我這樣，其實我還可以接受。但是想到以後他們如果也這樣對你、只有小學畢業的媽媽、不會講國語的外公和奶奶……還有其他家人，我就沒有辦法。」我說。

你沒有回應。

「但我分得很痛苦。最後決定往外發展，我參加很多校外活動，也認識了別的男生，可是其實沒有比較開心，我甚至會將一段原本好好的關係，刻意打壞。」我開始哭。告訴你心頭重重的失落、空虛，還有不能原諒自己的矛盾。

「妳之前放在我包包的信，其實我有看。一直帶在身邊。」你說。啊！我記得那封信的結尾：「我只是希望，有天我跟哥哥都大了，有自己的生活的時候，你和媽媽還有彼此，還可以繼續手牽著手。」

「V真的是很好的人，只是他的家人這樣對待妳，我也會難過。」你說。

你給我很長的時間靜默，看看窗外，想想V，想到那次見完他父母，他送我回家之後啜泣地說：「我還想為妳做很多事情……」我繼續在你肩上啜泣，需要很長很長時間學著放下。

「你愛媽媽嗎？」許久之後，我劃破沉默。

「當然。」你毫不猶豫。

你發病之前幾年開始，你和媽媽走在一起總是十指交扣，坐在一起的時候，很自然互相依偎。媽媽還是一樣愛碎碎唸、還是一樣拗脾氣，你笑著、包容著。

你生病之後，一直努力著想要自己健康起來，想和媽媽做很多很多的事情、帶她去很多很多的地方，可是事與願違。那天，媽媽在病房跟你說要退休，你生氣了！在病房唸她不可以！其實你都幫她想好了，對吧？雖然對她生氣，其實，你更氣自己對吧。

你當初的堅持是對的。媽媽她真的需要工作。她直率的個性，無法跟人相處。以前有你聽她碎碎念，現在，她每天一大早就打電話給舅舅，一說就是好幾個小時，另一端的舅舅睡著了她也不知道，繼續說。

原本就跟嫂嫂不合的她，在你離開之後更嚴重了。她甚至會覺得自己被下毒，為此，媽媽還真的去看了很多醫師，但都沒有一個醫師說她有被下毒，但是她還是堅持。我嘗試過好幾次跟她好好談，卻始終無法改變她的想法。

嫂嫂那邊我也去安撫。我知道，爸爸你說過，人家還沒有嫁進來，我們就要先愛她。還有，你一輩子就只認定這一位媳婦了！

上次她車禍被送到我醫院，她的重點不在養傷，而在告訴眾親友們：「我一定是被什麼東西毒了，所以才會頭暈車禍。」在醫院裡偷偷幫她做很多檢查還會診身心科醫師，還是無法將「下毒」這件事情從她心中挖除。所以，我也不怪哥哥他們為什麼不跟她住了，這太困難。

一開始，傳道人還會到家裡住。兩個傳道人的早餐，她可以煮十幾人份，她是真的很虔誠。傳道人的讀經方式還是你留給她的，而這是你們最後最常一起從事的活動。媽媽她也十分享受最後那幾年你們兩個之間的甜蜜啊！那幾年的美麗回憶，即使你離開後，直至今日她大概重複說過幾萬遍了吧。

後來，那個媽媽以為自己被下毒的想法越來越嚴重，不知道從什麼時候開始，傳道人也不來家裡了。每次回家，好多地方都布滿灰塵與蜘蛛網。或許是怕觸景傷情，媽媽漸漸地不睡在過往你們共住的房間，最後甚至連有你們房間的二樓也甚少上去。

你先走，對她而言真的很痛啊。不過我也有想過，如果她先走，你又會有多勇敢呢？

＊＊＊＊＊＊＊

那天一一九送來一個呼吸衰竭的婆婆。有氣無力地呼吸著，全身冰冷盜汗，監視器上顯示著：低血壓、低血氧、非常慢的心律不整。

「她的狀況看起來不太好！隨時都有生命危險！你要急救嗎？」我認真嚴肅地看著伯伯。

「不給她急救吧，不給她插管了吧。」伯伯心疼地看著婆婆，然後用懇求又篤定的眼神看著我。

「好！那我會做我們能做的！盡量不會讓她太痛苦！」我說。就在這個時候，伯伯突然站挺身子、脫下帽子、面帶笑容，用最開朗、寬闊的嗓音大聲地說：「小乖乖！妳先走！俺會好好照顧自己的！妳先走！俺會好好照顧自己的！妳先走！俺會好好照顧自己的！」

伯伯話一說完，「嘟、嘟、嘟……」心電圖監視器上原本微弱起伏著的心跳，突然轉成一條水平線，急救室裡大家都靜了下來，伯伯仍舊站著直挺挺地、笑容還在，眼神焦距落則在無止境的遠端……

從遠端彷彿傳來教堂的鐘聲「噹、噹、噹……」一如他們當初是那樣開始的，「嘟、嘟、嘟……」最後也是那樣結束。

******

還有一次，在急診幫一位老先生診斷出膽管癌。老先生突然發脾氣：「我只是要知道有這個問題就好了！我現在要帶我的太太回去了。」可他的妻子比他退化地還要厲害，連走路需要攙扶。

「以你現在的狀況，回去，很快就會倒下來了！她是要怎麼照顧你？」我問。

「我們的兒子，一個死了、一個被關了。不過沒關係！我後半生都準備好了！我們兩個的墳墓都買好了！」老爺爺的態度很堅持很執拗。

我一手握住伯伯的手，另一手放在他的肩膀：「那更不能讓婆婆太辛苦啊！在醫院我們可以幫忙照顧你！」

「他決定就好！」坐在一旁的婆婆，交疊在枴杖上的雙手顫抖著。

「我們至少插個引流管好不好？這樣才有體力陪婆婆啊？牽著她的手，一起珍惜剩下的日子。」我說。

「那是還有多少時間？三個月？六個月？」伯伯心疼地望向婆婆。

「這個我真的沒有辦法給你答案。」我說。

「我走了她是要怎麼辦哪？」伯伯突然激動起來。

婆婆在一旁也默默地眼眶泛紅，身體不自主地前後晃著。

「為什麼？為什麼就不能我們兩個一起走？我先走！那她要怎麼辦哪？」伯伯開始啜泣。

眼前一個超過我年紀兩倍以上的人，他的人生智慧和歷練早就高過我的頭了，我是能給他什麼建議或想法呢？

「早知道當年做日本兵，那一次炸彈來的時候就該炸到我！現在就不會那麼痛苦！我先走可以！但是她要怎麼辦哪？為什麼不能一起走？為什麼……」伯伯放聲大哭。

默默地站在一旁拍著伯伯的背，這次換我無法了。心中浮現《家後》那首歌，很深刻地懂了，歌詞中先讓對方走的那傷心是——體貼。

＊＊＊＊＊＊

所以，你們兩個是你先走。

請原諒我，在你走後始終無法讓媽媽開心，而有了自己家庭的我，很多時候很難照著她的意思做事。今晚，她應該是覺得又被下毒了，又或是她太想你了，所以她衝來台北。我不知道要怎麼跟先生或是跟小比勇解釋這一切的複雜，更不希望先生和孩子對媽媽有負面的想法，我好不容易說服先生也許有天她可以跟我們住，陪陪小比勇，所以不能在這個時候出現這樣一個突發狀況。於是，我衝出去找她，最後包一台計程車讓她回山上。

爸爸，你走後，媽媽她變好多，不變的是對你的愛。

今晚，你不用陪我走回家，你用力陪她，好嗎？

如果不在醫院，我會抱著妳一起哭

那天，一一九送來一個到院前死亡的老婦人。急救室已經準備好了。我們幾個戴上手套衝到門口接她。接手時已成一具沒有呼吸和心跳的屍體。

我們用小跑步邊推病人到急救室，一一九弟兄不放棄任何一個可以壓胸的機會，繼續用單手很有節奏地壓。大家雖來自不同的地方，卻很有默契地在病人頭頸部、軀幹、腿部做搶救，同時還有人準備著要做換床的動作，擠壓氧氣面罩的部分也持續著。

「來！數到三！一！二！三！」眾人俐落地將病人從急救車的推床移到急救區的病床上。

急診的醫護也很有默契地開始CPR，一位護理師繼續給氧氣，另一位護理師準備氣管插管器材，還有幾位護理師已經找血管上針。趁這個短暫時間，我衝出去找家屬。通常在這樣慌亂緊湊的狀況下，一路上又有救護人員做急救處置、CPR和電擊等等，家屬會有超出實際的期待。

病人的家屬，停好車，衝進急診室。

「請問是〇〇的家屬嗎？請問你是她的誰？」我急促地詢問著眼前的男性。

「對！我是她的女婿，她的女兒在路上了。」他說。

「病人到急診之前就已經沒有呼吸和心跳了，也就是說她已經死亡了，現在也是這個狀態……請問你們要繼續急救嗎？」我一邊講，聲音越來越小、速度越來越慢……因為，眼前的人，好熟悉，對，跟小比勇有關。啊！他是小比勇足球隊的朋友的爸爸，我跟他太太更熟啊！因為她總是非常熱心，常常主動幫孩子們準備點心，讓人印象深刻。原來這個病人是她的母親……

「可是她剛剛還會說她不舒服……是妳！」他認出我了。

「好！我們先急救，但是你還是要有心理準備，不一定救得回來，但是我們會努力。」我轉身衝回急救室，開始指揮整個急救過程。

「啊！妳要繼續處理嗎？」另一位醫師帶著病歷走進來問我。

「可以還給你嗎？我認識他們。」其實，知道病患是熟人的母親之後，我已經開始出現很多疑慮，失去平常有的敏銳和判斷力。於是我當機立斷將病患交接給同仁，同時說明病患現狀「剛剛我已經on endo，adrenalin也開始給了，目前還沒有ROSC。病人沒有什麼特殊病史，除了前一陣子骨折開刀。」我繼續交班。（on endo 氣管插管；adrenalin 強心劑，急救用藥；ROSC Return of Spontaneous Circulation 自主循環再現）

必須很誠實地承認在這樣的狀況下，有一部分的我，是廢了。走出急救室，她和先生在門口。

「要有心理準備……」我開口。

病患的女兒認出我來，深吸一口氣，一臉安心。

「她到這邊已經是死亡狀態，我們現在正跟時間賽跑，時間越長，她救回來的機會就越來越小。」我必須繼續說完。

她靠在先生肩膀啜泣：「真的嗎？怎麼會這樣？她剛剛還跟我說不舒服。」

時間一直在跑，希望越來越小……中間我想幫，又猶豫，還是請了葉克膜團隊下來評估。

「如果妳堅持，我們可以裝，但是憑良心講，希望不大。」葉克膜團隊的值班醫師嚴肅地看著我。

猶豫了很久，我還是跟她說：「看樣子是真的沒有希望了，我們已經急救超過三十分鐘了。」

她嚎啕大哭，無力到需要人攙扶，我抱著她，卻不知道可以說些什麼。唯一能幫忙做的就是開立死亡診斷書。

最後，往生室的人肅敬地帶著病人遺體下樓，而我跟同事借兩分鐘，非常需要空白。然後，很快地再度回到急診忙碌的漩渦裡。

＊＊＊＊＊＊＊

爸爸，其實我一直都很愛哭，你知道的。現在的我，成熟很多了，不過並不代表我失去感情、失去感受。我還是那個熱愛感受的、你的寶貝女兒，如果還有機會，我也很想可以繼續跟你撒嬌。

從實習醫師慢慢成長，哭的次數越來越少，情緒轉換的控制力越來越強。

後來沒有走原本最喜歡的小兒科，最主要的原因是因為在小兒重症病房實習的那個禮拜，看到才到世上沒多久就要承受這麼多苦痛的孩子們，會不經意把情緒帶回家，久久不能自己，每天每天地堆疊累積，心裡沉重地快要窒息。

急診，偶爾會有讓人傷痛的狀況，但是大部分都是在急速腎上腺上衝地拆炸彈階段、或是承受大量不理性情緒轟炸的修練涵養狀態，久了之後，發現自己還滿能夠適應的。

很多時候，眼前還有更重要的事情要處理，只能在一切都結束之後，試著消化自己的心情。多年下來，也學會「不把醫院外的情緒帶到醫院，也不把醫院裡的情緒帶回家！這就是專業！」。

但是，還是有很多很多東西，其實一直擱在心裡面；而有些東西，是珍藏著的，那就是臨床上所遇到的感動！哪怕只是短暫的片刻……

急診團隊壓力最大的時刻就是在跟死神拔河的時候！一整個團隊衝上去搶救，每次結束都像被狠狠扒了一層皮一樣。成功了，大家相視而笑，但馬上又回到處理其他病患的步調中；失敗了，黯然神傷，但提醒自己「我們真的努力了」。

第一次在急救完放聲大哭，是處理一位急性心肌梗塞的婦人，根本還沒來得及到心導管室，她就死了，心臟因為梗塞壞死，心臟破了，這是一個死亡率幾乎百分之百的狀態，可是她前一分鐘還跟我說話，轉眼就沒了。

在衝到心導管室的路上，我跳到她身上準備電擊、CPR、插管。心導管室的超音波一看，整個胸腔都是血水。

「不用了！什麼都不用了！」準備做心導管的資深心臟科醫師要大家停下來。

一回到急診室，我哭了起來：「我只是在想，是不是還有什麼可以做但還沒有做的？她剛剛還跟我說話啊……」

護理師學姐還有資深主治醫師拍拍我的肩：「妳盡力了！」

那天，我還是帶著情緒回家，而且不只那天，我背了好幾個星期，無法釋懷，那時候我還只是個急診醫學部第二年住院醫師。

******

另一次哭泣，到現在我也記得很清楚。那天晚上下班前，警察送來一位全裸、四肢被反綁在背後、兩顆瘀腫到完全沒有縫隙去看到瞳孔的熊貓眼，同時腦漿不斷地從左後腦杓的一個大洞口流出來……的瀕死年輕男性，一到急診，呼吸心跳就停止了。可我們還是給予急救，當然最後仍然無效。那是一個很安靜的急救，某種程度上，大家都被震懾了。

下班後，一份無法言喻、強烈又衝突的感受……鬱在胸口揮之不去。回到自己的小公寓，沒有開燈、沒有音樂，直接走到臥室，坐在最角落窗口的地上，抬頭看黑漆漆的天空、月亮和星星，眼淚不自主地、無聲地流下。

一閉上眼，就出現他的畫面——子彈從左後腦進但是卡在右上顱骨，裡面腫脹出血，所以整個頭部大概有一般人的兩倍大，臉上和頭髮都沾滿了不斷流出的、還溫熱的血液和腦漿，躺在急救台上赤裸裸的身體布滿了數不清的、新舊雜陳的刀傷、鈍傷、撕裂傷、燙傷等等，所有你能想像的傷口都在一名傷患身上。

無法不去聯想過去至少一個禮拜，他是承受了多少？

一開始只是默默地落淚，接著我開始哭出聲，最後放聲大哭……

醫護也是人，我們都有七情六慾，只是時間和經驗，讓我們學會把專業擺在第一位。現在表現地非常嚴肅、哀矜勿喜、堅強，可其實，我也曾經「弱」到被病人安慰過。

＊＊＊＊＊＊＊

他是一位癌末的病人，有著跟爸爸你一樣的慈祥、智慧。這名病患他最特別的就是，為了自己的孩子，假裝不知道自己的病情，因為那是他的孩子們對醫護的要求，那也是最後他能為他的孩子們做的事情。

實習的那個月，我與這名病患成了忘年之交，每天最期待的事情，就是到他的病房幫他換藥，因為可以聊很多很多，文學、電影等等，天南地北的跟他聊天，就像跟爸爸你聊天一樣，永遠都有聊不完的話題、每每都有豐富的收穫與感受。

最後一天，我站在他病房的門口，不敢往前踏進一步：「今天是我在這個病房的最後一天，下個月我要到外科了。」

他聽完我說的，給我往常一樣的慈祥笑容。

我顫抖很久，好不容易說出口：「我沒有辦法跟你說再見！」我的鼻頭馬上就酸了起來。「我也不想知道你什麼時候離開。那我們就這個點，以後就看不到了，這樣……」斷斷續續地把我的意思表達出來。

「唉……有一天妳會成熟！當妳不會這麼容易為病人掉眼淚的時候，就表示妳已經是一位成熟的醫師了。來！抱一個！」這名病患溫暖的擁抱我至今難忘。

那是我最後一次看到他，他像爸爸你一樣有智慧、溫暖、充滿愛。

＊＊＊＊＊＊

回到最初提到，我在急診室遇到的病患是友人的母親。

那天晚上，傳了訊息給朋友：

「沒有想過第一次跟伯母見面是這樣一個狀況，即使不知道她是妳母親，我們一樣會很努力，但知道是妳母親，聽到急救室外傳來妳的哀泣，我的情緒也受影響了。所以最後，我請同事幫妳完成最後的手續。

專業教會我把自己心思轉向照顧其他病人，其實很想繼續抱著妳，讓妳靠著哭。可就怕自己太難過，會沒有辦法處理其他的病人。

這麼多年的急診經驗，居然還是找不到最好的安慰方式……下一次看到我，妳可能會想起媽媽，然後大哭。如果，當下我們不是在醫院，我會抱著妳一起哭。」

＊＊＊＊＊＊

當死亡強行來到，生命中到底什麼才是最重要的？都明朗了，但也來不及下註解。

有一次，一個病患心肌梗塞的老婦人，被家人從外院自動離院轉來我們醫院，狀況不太樂觀，但是家屬和病患都決定不要再接受侵入性治療。

病患的血壓、開始慢慢掉，可能還沒有轉到病房，病人就會死亡。

「醫師，可以給我們一個房間嗎？我們想好好陪她。」家屬懇求地說。

當時有一間急救室是空的，所以就把病患移進去。在一旁的家屬，全部都倚在病人身上，還用手機、iPad開視訊，讓在其他地方、甚至國外的家屬可以一同陪伴。

「我好害怕！我好害怕！祂們要來了，真的要來帶我走了……」病人虛弱地、淺快地呼吸著。

「婆婆，沒關係！往光明的方向走，我們都在妳身邊。」其中一台視訊發出的聲音。

「是的！媽，我緊緊地握著妳的手，不要害怕……」旁邊的家屬也安慰著。

這一幕，其實讓我很震撼，但是病人和家屬已經簽了不急救同意書，也決定不要做任何侵犯性治療，我們能做的有限，但是，這對話對旁邊的醫護來說都很沉重。

最後，病患在急診嚥下最後一口氣。

在急診室經歷過許許多多生與死的瞬間，那切點是如此的明確，用心臟超音波來證實就是一個不在跳動的心臟，可是那之後要如何定義，到底在哪裡？到底去哪裡？

＊＊＊＊＊＊

某一天，從護理站遙望著昏睡中的病患，是個老伯伯，一開始原本急促不穩定的呼吸和無力的呻吟，在用藥之後稍微和緩下來。

轉身面對他的姊姊，跟她解釋完不太樂觀的病情，其實她心裡頭早有個底。從一開始得知癌症噩耗，他正面努力地面對、也配合所有治療，到最後還是抵不過那來勢洶洶地擴散，這一年多來，他辛苦了。

她說他已經準備好了。沒有家累，沒有牽掛，也說好不急救了。

「那麼我們就等安寧病房的床位通知。」我輕輕拍著他姊姊的肩膀。

「以妳的經驗來看，他大概還有多少時間？」病患的姊姊問。

「這是個很困難的問題，醫生跟妳一樣，是人，不是神，真的無法給一個確切的時間。有可能可以撐個幾天到一個禮拜，但也有可能突然走下坡，今天就離開。但是不管怎麼樣，我們現在的重點就是，不要讓他太痛苦，這樣同意嗎？」

她抿著嘴點點頭，給我一個「我了解」的表情。

「那我回去拿些他住院需要的東西，他的衣服已經髒了，應該換一下。我的兒子留在這邊，有什麼事情，可以交代給他。」病患的姊姊說。

趁著空檔，我去休息室吃晚餐，可以不用吃那麼快的，不知怎地，呼嚕呼嚕五分鐘就把食物嗑完；然後又不知怎的，隱隱中彷彿有個力量強催促著，迅速地漱口，飛快地走回護理站。

才剛坐下來，就聽到一位護理師大喊：「VT」（一種危及生命的心室頻脈，病患可以是清醒的，但也可以是昏迷，甚至沒有心跳、死亡。沒有特殊限制下，VT是需要立即電擊和急救的）。

VT是從他的監視器傳過來的！我趕緊衝到他身邊，那心律不整來得倉促、突然，他的姊姊回去拿東西還沒有回來，跟在一旁的留下來的是跟他不是很親的外甥，再次確認他不要急救的遺願之後，我跟護理師站到他身邊。

「喔喔喔……啊啊啊……」他的胸部已經沒有明顯的呼吸起伏了，臉色也瞬間變蒼白，但是下巴和脖子卻一直反射性地上下抽動，抽動間不斷發出這樣的聲音。

外甥呆住了，站在離他的病床三步之外，不敢再往前進。我反射性地握住他的手，輕輕拍著他的胸口和臉頰。監視器上原本規律的ＶＴ，慢慢變得不規律，越來越平緩……那個像掙扎呼吸的動作和聲音，越來越慢、越來越小……在一個像打嗝的聲音之後，就完全靜止下來了。

我輕輕地、溫柔地替他闔上眼睛。抬頭看著他的外甥，試著用眼神去安撫他的驚慌失措。他閉上不知道開著多久的嘴，瞪大的雙眼也被安撫緩和下來。

「他走了！請節哀！」我說，同時輕輕放開他很快就冰冷僵硬的手，和護理師肅敬地看著他的外甥，宣告他的死亡時間。再走回護理站，處理他的病歷還有死亡診斷，需要用手寫的部分，常常被護理師嫌棄字跡草率、不堪入目的我，對每一個筆畫都有用心恭敬地寫，這是最後的最後可以為這個人做的事情了。

「伯伯，一路好走！

你和我這輩子就這麼幾個小時的緣分，我們有遵照你的意思，沒有讓你的身軀受太大的苦。在你和世間道別的最後一刻，沒問過你的同意，希望你不介意我主動握著你的手，一直到最後。

過去你一定是個很棒的人，雖然單身，重病了還有家人陪伴你、支持你！姊姊之後也回來了，還為你換上乾淨、帥氣的衣服。

握著你冰冷的手，讓我想起幾年前，我父親跟你差不多年紀。如果，你有看到我的父親，可以告訴他，他的女兒以他為榜樣，很勇敢地、很正面地，用愛去面對每一天！

只是有時候……還是會……很想很想他！很想很想……」

＊＊＊＊＊＊＊

爸爸，伯伯有沒有傳話給你？還是爸爸你一直都知道。我真的很勇敢、很正面地生活，也真的很想很想你。

在生命還沒有停止的時候，真心！珍惜！這是你最後教會我的事情。

生病的獵人

那天深夜裡有一個男病人——黝黑的皮膚、大大的眼睛、特殊的腔調、很熟悉的腔調。

雖然他很不舒服，但是口罩後面我的嘴角微微上揚。這感覺就像在美國的時候，聽見有人說中文就超開心，如果還是台灣腔中文，那更是樂翻了。

他不舒服一段時間了，鄉下地方的醫師建議他要到大醫院檢查，他們於是連夜坐車北上。

我開始幫他進行檢查，一邊發現，哇！新衣服、新褲子……似曾相識的氛圍啊！小時候我們家也是這樣！第一次坐遊覽車到都市旅行，當時做打毛線家庭手工的媽媽特地用剩下的毛線幫我做新衣服和新褲子，還有髮飾；陪我一起去的外公更是穿上他那一百零一件襯衫、西裝褲以及大得不合腳的皮鞋等等……還難得地抹油頭呢！

「還有喝酒嗎？抽菸？檳榔呢？」

他微微笑了一下，露出紅紅的牙齒說：「酒有戒了！沒有抽菸！」

想想，如果我們是在來自同一個部落，那麼多年以前，我們一定一起光腳到處跑、找尋祕密基地、烤野生地瓜、養各種動物和昆蟲……等等。

因為他不舒服，我得壓抑自己看到同胞的興奮，專注於處理他的不適。至於那些連篇的想像都僅止於我自己的腦內。

不過另一次，我就非常直接了。

一群穿著雨鞋的、身上沾滿灰土的年輕原住民，其中一位在工地受傷，所以其他人帶他過來急診。

他不是我的病人，但只一眼就可以感受到我和他們是一樣的。

趁著他們走到急診護理站的時候，我忍不住問了：「請問你們是原住民嗎？」

其中一位男生冷冷地回答：「是。」

「請問你們哪一族的？」我真是太開心了。

「布農。」他們回道。

「我也是！」在台北遇到我的同胞，這是多麼難得的機會啊！

只見他們直接轉身，只留下眼角的餘光，不是那麼友善。

多麼無情的背影啊！布農不是這樣的！我趕緊衝上前去：「我真的是啊！」

「不要隨便拿原住民開玩笑！不好笑！」

「Bunun saq! Inaq du gnang hai Valis!」（我是布農！我的名字叫Valis!）

他們在急診家屬等待區聚集休息著。

「Bunun怎麼有這麼白的？」他們看著我露出懷疑的眼神。

「Bunun怎麼有這麼高的？」換我問。

「我們是台東花蓮那邊的。妳是那裡的？」他們接著問。

「我是南投的。」我說。

「南投的都比較白嗎？」他們問。

「其實把我放在田裡曬一天，晚上就找不到我了！你們一定很會游泳吼？可能比那邊的阿密司（布農族稱阿美族『阿密司』）還厲害吧！我們這麼會打獵。不過你們這個回到中央山脈打獵，可能會被輸喔！在追山豬的時候，太高，會被樹枝卡到就！」我興奮的時候就會多話了，而且南投方面的布農國語就出現了。

他們靦靦地笑著。真的是布農，布農男性特有的內斂。他們對我的醫生身分很好奇、又不敢問。

我彷彿回到部落裡的青年團契的禮拜完的聚會。盡可能地放低身段，讓他們不要有距離感，他們真的不能了解我有多開心能夠在都市遇到他們，如果要跟他們回工地，那些粗活我其實也是做得來喔！因為小時候常常跟著舅舅、姑媽他們去做臨時工，有時候也會幫忙一些。奇怪，工地放飯的時候，那些飯特別好吃。幾乎每個長輩都是這麼吃飯的，就是用湯匙挖一口飯，放到湯裡浸滿湯水，然後大口放到嘴裡。

不知道是不是因為這種吃法，布農的table manner「國際餐桌禮儀」還不錯，吃東西的聲音很小聲，因為這種「湯飯」是需要緊閉著嘴咀嚼的。

思緒飛越過中央山脈回到了羅娜部落，外公外婆以前會帶我上山，午餐的時間，用外層厚到不行的鍋子煮湯，臨時就用竹子削成湯匙來吃「湯飯」。

真的很想去看看他們工作的地方，也好奇他們在台北會住在哪裡？有空大家會聚在一起嗎？

在回到急診工作步調之前，硬是要跟他們合照，他們還是原地不動，非常害羞，我直接蹲在他們旁邊，秀出拳頭、擺個強壯的姿勢。

曾經聽過這樣的比較，阿美族的男生比較花心（因為又高又帥），排灣族的男生比較聽話（因為強烈的母系社會），太魯閣族的男生比較強勢（你看莫那魯道動不動就要起戰爭），鄒族的男生比較愛自己（應該是跟阿美族的帥氣不相上下）。但是布農族的男生妳一定要嫁，就算再醜再兇，只要心地善良、認真工作，他一輩子都愛妳。

會不會是跟我們的民族性很有關係？

每次漢人朋友們稱讚我：「妳一定是布農公主！妳爸爸一定是酋長！喔！不！頭目！」聽著我沒有覺得開心，因為一般人根本不了解，其實，布農是沒有階級制度的。

布農，是以家族長者為生活的中心，他們擔當著智慧及文化的傳承，所以平等、團結和分享是布農文化很重要的特色。長者帶著家人遷徙，燒山墾田，幾千年下來的傳統；布農族人敬天，也發展出很多祭祀儀式；跟大自然和平共處，而發明了「年曆」，什麼時候可以打獵，什麼時候要休耕等等，都記載地清清楚楚，讓自然之母可以取之不盡、用之不竭。

沒有階級制度，男性不需要為了得到強權或利益而爭奪，女性更不需要踏上權貴而奢求外在的美麗。

「Miqomisang」（布農族的問候語），是我最愛用的問候語。Miqomis就是活著，ang就如同英文的ing——現在進行式，miqomisang還活著，能活著、呼吸著是多麼美好的一件事情，再沒有比這個更真誠具體的問候了。

還記得我們在大峽谷的第一個夜晚，一對外國夫婦走向媽媽：「Excuse me! Are you American native Indian—？」（請問妳是美國印地安人嗎？）

「No! We are actually indigenous, but we are from Taiwan.」（不！我們是原住民，但是是台灣的原住民。）

「How interesting! So you are like Indians of Taiwan! First time to know that ! Is Taiwan the same with Thailand?」（好特別！所以你們就像是台灣的印地安人。台灣跟泰國是一樣的嗎？）

最後一個問題就妙了，因為我們長得就不像漢人啊？從我們的臉很難跟台灣和中國大陸聯想。

待他們離去之後，我忍不住笑出來跟孩子解釋方才的對話：「他們認為媽媽是印第安人！哈哈！所以我們這桌是西部牛仔跟印第安人大和解。」（西部牛仔指的是外籍身分的先生）。

「如果離開台灣到別的國家，沒有人會認為我們是台灣人。我常被認為是菲律賓人、拉丁美洲人，還有日本人。日本人最多。」你接著說。

「爸爸這邊的臉比較秀氣，還真的有點像日本人，你看，爸爸的堂姐根本就單眼皮啊？那我臉上一堆痣，小時候還有虎牙，日本女性雜誌一堆。媽媽這邊比較像歐美人。」

「應該是喔！我的舅舅很高大，很白，頭髮是紅色的，眼睛是藍色的，這邊還有很多毛。」媽媽比著胸口。

「那根本就是荷蘭人嘛！很有可能喔！比如說傳教士之類的留在部落，那不知道胡大斯（爺爺奶奶輩）拓拔司（我的爺爺）那邊當初是不是有什麼跟日本人淒美的愛情故事？所以我們才會長得像日本人。」你說。

＊＊＊＊＊＊

你知道嗎？國際研究發現，台灣原住民可能是世界上所有原住民的始祖，遠至夏威夷、紐西蘭等等都可以找到我們的基因。

如果沒有唐山過台灣，要怎樣讓全世界知道僅五萬人口的布農族？

記得那次和表妹塔妮芙卡在美國機場等延遲的班機，因為太無聊了，我們開始看人。

原本在轉角躺臥的一個中年男性起身，將厚重的外套和其他物品放進一個黑色大塑膠袋，他環顧四周，發現有個機場的推車靜置在那裡，他順手把大塑膠袋丟進推車裡，帶著推車慢慢地離開。

看到我在注視著那位先生，塔妮芙突然覺得很眼熟。

「妳不覺得他長得很像羅娜住在雜貨店樓下，一早就開始喝酒的人嗎？頭髮長長的！叫什麼？對！變色龍！」塔妮芙興奮地說。

「他們只是黏黏長長的頭髮像。他其實長得比較像人和那邊的。」我認真地回應著。

這對話開始有趣了。我們認真看其他人。

「那麼那個穿著咖啡外套、拿著紫色行李箱的小姐呢？」換我問了。

只花兩秒看人，塔妮芙淡定地回答：「久美那邊的。」

嗯！這題沒有爭議。

「好！一點鐘方向，穿西裝的先生。」我們覺得這遊戲實在太有趣了。

「地利的！」一樣，換我很快就給答案。

「嗯……我想一下！他後面那位比較矮的、穿綠色上衣的，應該是明德的！」我很有信心地說。

塔妮芙嘴角露出笑意：「很近！更像上面一點的豐丘。」

我緊握雙拳，發出懊惱聲。深呼吸：「十點鐘方向，從自動門裡走出來的婦人。」

塔妮芙轉過頭看著我：「羅娜！」

「那群穿著球衣的孩子呢？」我想來個不同的。

「孩子難！小時候大家都很像。」塔妮芙抿著嘴，輕輕地點兩次頭：「不過一定要說，那就是東埔那邊的！也可以是地利！這兩邊的水好，孩子皮膚好，也很健康漂亮。你知道嗎？東埔那邊的有些人眼睛不是黑色的，是像山水一樣的顏色。」

接著有一群走過我們眼前。「明德、望鄉、人和、還是人和、羅娜、東埔、新鄉、雙龍、豐丘、久美、望鄉……」我們像點名一樣，從第一個點到最後一個。

接著塔妮芙和我同時注視迎面而來的老先生。我們很篤定地互看對方眼睛，彷彿在說「這個可以一起來」。靜默幾秒鐘之後，我們不約而同地、很有信心地說：「望鄉！」

如果讓我們混在世界各個族群裡面，我們要怎麼找到布農？

我想，這就是為什麼你在最後那幾年總是以「文化工作者」自稱。你努力保護布農文化，甚至在患病後身體力行布農傳統——打獵。

＊＊＊＊＊＊＊

時空轉回到病房，那時候膽囊癌細胞已經擴散到鄰近的肝臟。剛做完治療，從麻醉中醒來的你，顯得相當虛弱。

晚上下班後，我就到病房陪你。你看到我，忍不住分享前一個禮拜抓到一隻鹿的事情。

那天，你上山途中看到那隻因為誤觸陷阱、受到驚嚇而倉皇逃走的鹿，你開始在後面奮力地追，那隻鹿也不斷地跑，就在一個斜坡處，牠不小心滾到樹叢裡，長長的鹿茸被卡住了。

你追了下去，就坐在牠身邊。

你和鹿都跑得太累了……兩雙圍著長長眼睫毛大眼睛，就這樣氣喘吁吁地對看著。調整完呼吸，你試圖接近牠，發現牠會用自身強有力的後腿進行攻擊，所以趁牠不注意的時候，你用藤蔓纏住牠的後腿，然後一步一步將牠制伏。

帶著滿心的狂喜，你跪在地上祈禱，感謝上帝。但整個打獵過程對一個癌症病患來說，這太耗體力，牠又太龐大，所以你打電話給哥哥，請他上山幫你，而你就坐在一旁休息。

村子裡的兩位準備下山的獵人經過你身邊，問你還好嗎？即將昏暗的天色中，你指著你的獵物，他們原本以為是一隻山豬，看清楚是一隻鹿的時候，都驚訝萬分！來接你的，有哥哥、嫂嫂，還有三個寶貝孫子。小朋友們都覺得相當新奇，直覺爺爺太酷了。

當晚，你將鹿肉分享給很多很多人，你抓到鹿的英勇事蹟也在村里間傳開來。

在還沒有接受文明之前，布農族靠狩獵和種植小米為生，一雙黝黑又粗壯的小腿，是力與美的象徵、是可以穿梭在山林裡狩獵的證據。但若要能稱得上是一位真正的布農獵人，一定要獵到一種動物，那就是——鹿。布農族最重要的祭典，是打耳祭——男子的成年禮。要用弓箭射到掛在遠處的一種動物的耳朵才能算成年，而那個耳朵，就是鹿的耳朵。

你熱愛布農文化，曾經帶過無數族人尋根活動，也熱中母語教學，並將此傳承給嫂嫂。

如果有多一點時間，我真的很想幫爸爸你把所有資料匯集成書，只是遺憾我沒有那個程度。媽媽唸你像個大孩子一樣太愛往山裡跑才會把身體搞壞。

後來，病況越來越不理想，只要有人來探望你，你最喜歡讀經分享聚會，你喜歡大家為你禱告，還有聊聊最讓你想念的打獵生活點滴……

******

爺爺是位很厲害的獵人，他靠變賣獵物和打零工讓你和叔叔可以讀書，可是爺爺生前，你不曾對打獵有興趣，直到生命中最後的幾年，你聽到一位友人說他為什麼打獵的理由。

他說：「我父親以前很愛吃山肉，也愛打獵。這是布農族的傳統。可是後來他病了，無法打獵，但是又想念山肉的滋味……」

你聽了，才回過頭來思考自己當初怎麼對爺爺，只是遺憾沒有機會了。

所以後來，你會趁空檔上山。一開始，偶爾能帶回幾隻小野兔和小野鼠。第一次獵到大一點的獵物，還鬧了個笑話，這是媽媽偷偷告訴我的，是一隻小山豬，其實徒手抓就可以了，慌張的你，居然還開槍打死牠。媽媽還告訴我，有一次，你捉到一條超過三公尺，非常粗的大蛇，驕傲地把蛇綁在車頂上，回到村子裡，還刻意放慢速度，有那麼一點遊行式地炫耀。村民們指指點點，小朋友們好奇地追著你的車子跑，追逐的人群越來越多，你得意地開著車，彷彿是一場獵到大蛇的嘉年華。

後來你真的會打獵了，大野豬、飛鼠、白鼻心、穿山甲、山羌等等，這些都曾出現在院子裡。

聽著你許許多多狩獵的危險故事，我在一旁頻捏冷汗。

你在發病的那天，獵到你第一隻單打獨鬥的大山豬；生病期間，你又獵到了生命中的第一隻鹿。

你證明了，你是真正的布農獵人。

大方

「接下來要為大家帶來一首《心動》，因為我們醫院最厲害的就是『讓病人的心臟重新跳動』。」準備在忘年會上獻唱前，我拋給台下一百多桌同仁燦爛的微笑，也順便化解自己的緊張。一邊唱一邊鼓勵自己：「不要緊張，唱得上去的！在KTV跟朋友們歡唱的時候多放開！都沒有問題的！」越想越多，結果在最後一個副歌，一個閃神加疑慮，還是破音了。

唱完之後，順道感謝和鼓勵醫院醫事還有各職類的所有從事臨床教學同仁的努力。帶著冰冷的、微微顫抖的雙手回到座位，終於可以吃點東西了！只是激動的情緒還未平復，我的手仍抖到夾不起滑嫩的滷豬筋。

這個忘年會（醫院的尾牙）對醫院而言，非常有意義，暌違將近十一年，再度舉辦盛大的全院忘年晚會，凝聚滿滿的向心力。因為你的女兒——我，現在還兼任

「臨床技能中心主任」。雖然，相較於醫學中心，我們還有很大的努力空間，可是再慢慢了解各部門的運作狀況後，我相信我們未來可以做富有自己醫院特色的臨床技能中心。

不僅如此，這次忘年會對我個人而言，也很有意義，十一年前的那一次忘年會，我也有上台唱歌，而且是你鼓勵我上台的。其實當時我沒有心情，因為那時候我們住在一起，爸爸你正在接受術後的預防性放射治療，而再過不久，你就要被宣告腫瘤還是轉移了。

那時候，我會答應獻唱一首，是因為想要在台上謝謝醫院所有同仁對爸爸你的照顧。不過經過了這麼多磨練，上台，還是沒有你從容。

「妳剛剛為什麼要躲起來？」你問。

「我不好意思！」我說。

「爸爸剛才沒有不好意思，還可以在台上唱歌耶！」你說。

「我不敢！我怕怕！」我說。

那是好久好久以前我們的對話，當我才六歲的時候，救國團在我們部落的小學紮營，那天晚上邀請大家參加營火晚會。你很開心地帶著我和哥哥去，在晚會最高潮熱鬧的時候，你被拱上台去獻唱一曲，完全沒有推託，你就唱了，超好聽的！最後他們要給你照相，你停下來說：「請幫我跟我的孩子合照。」

那一刻就停留在我們三個面向相機，你的雙手各放在站在兩側的我和哥哥的背後，你開心地對著鏡頭笑，我的頭躲在你的大腿後。

記憶中每當有機會上台表現，爸爸你就會緊緊抓住機會；而你上台說話的時候誠懇又充滿魅力，當時我心中就有個疑惑一直不得其解，為什麼原住民電視台的布農族語新聞不找你呢？你是如此地具有說服力、舞台魅力！從你口中說出的布農族語，像吟詩般地吸引人！

雖然是你的女兒可我從小就很怕上台！而且在幼稚園大班時的全鄉托兒所運動會之後，我更是害怕。

大班時我對跑步還滿有自信，在同儕裡面算是個飛毛腿。某次的大隊接力，我是最後一棒，我們在前面棒次輸太多，即使中間隊友在跑的時候，我跪下來禱告也沒有用，雖然我有追回來一些，最終仍是倒數的名次，那次我才知道，原來別的部落的小朋友也這麼會跑步。

最後的頒獎典禮，我們沒有前三名，還是被叫上台去，前三名都領完之後，我代表我們的托兒所上去司令台。我滿心期待地走上司令台前的階梯，面對司令台上的長官鞠躬，卻停留在九十度鞠躬的姿勢好久好久，也沒有等到頒獎。只聽到眼前的大人們說：「哇！糟糕！唉呦！不會吧！他們沒有獎牌，也沒有獎品……」「怎麼會這樣？」「那為什麼還要叫他們上台領獎？在搞什麼？」「這樣丟臉ㄋㄟ！」「是不是給個簿子也好？」「不行啊！都分好了……」

最後也不知道是誰，叫我轉身直接下台，回去老師那邊。那次的經歷應該是我的「托兒所生涯最黑暗的一天」吧！這件事給我的陰影太大，導致我之後就非常害怕上台。即使教堂的活動，我也常常選擇扮演最沒有壓力的小小配角。

而你曾這樣鼓勵我：「女孩子不是一定都要害羞！該要表現自己的時候，就要勇敢表現；需要表達自己的時候，一定要抓住機會，以坦誠，讓你希望聆聽的人懂，這就是大方。」在我第一次上台參加朗讀比賽之後。

那次比賽一上台，我的大腦就放空了。無法像老師要求我的方式朗讀，很不自在。私下練習雖然還朗讀得出來，等到一上台，腦海一片混亂，在幾次嘗試深呼吸、唸第一句之後，我看著也是評審的我的老師三秒鐘，決定直接走下台。

為了這件事，你和媽媽讓我跟好朋友姍妮一起學跳舞，希望我可以學好體態，以及不要恐懼上台。我後來成為學校舞蹈比賽的主角之一，我們還得過幾次獎牌呢！我想應該是因為「團體」表演，所以我沒有那麼緊張。

小學五年級的時候，在老師的鼓勵下，我被選為畢業典禮的「在校生演講代表」，在全校師都在的典禮上對眾人致詞。「六年的時光彷彿一縷輕煙，是那樣地短暫、匆促。天下沒有不散的宴席……」想不到當時的致詞到現在居然還能背得起來。我想是因為那時候你陪著我練習，還讓我改文字，變成自己習慣的用詞，甚至最後你還來現場旁聽。

「妳知道嗎？妳才講幾句，六年級的學長姐已經開始哭了……」你說。

「真的嗎？我是真的想講那些話的！」我說。

「這就對了！真心地、大方地表達。」我依然記得你這麼說著。

在我中學時期，你在教會主日學工作，會找我當小助手，我從幫忙寫黑板、準備教材、畫海報等等，開始帶動唱、帶孩子們禱告……到後來變成你的「同事」，一起在主日學當老師。

******

當醫生之後，每次上台報告之後，不知道是冷氣太強，還是緊張，一回到自己座位，手總是冰冷、微微顫抖著，有時還會打哆嗦。

在多年的多年以後，我即使有尚稱豐富的電視台錄影經驗，每次錄影還是會緊張，在開錄之前需要在心中練習幾次，跟後台人員對過幾次稿。其中最令我緊張的點，應該是在「知道主持人瓜哥準備要cue我」之前吧！「怦！怦！怦！」耳裡都聽到自己強烈又快速的心跳聲，只能怪瓜哥的氣場太強大。

剛從美國回來的那陣子，上電視的時候就更是緊張，因為中文退步一些。不過在大家心中，我想自己應該算得上是「落落大方」的。更後來，我被選任為「衛福部原住民健康諮詢委員會委員」，有了更多嚴肅的會議，和嚴謹的上台發言機會。

一開始，我抱著「可以為原住民健康做事」的期待參與；但後來發現，在某種程度上，委員們的工作比較像是「背書性質」。那些原住民健康十大計畫，政府早就制訂好了；而且很多的計畫又是跨部會的。不論這計畫當初怎麼訂定的，我們已經無法改變。那我應該就接受現實形式上去開會？或是告訴自己其實還可以做什麼？

我選擇了後者。

我將自己一直在推廣的「人人都會CPR＋處處都有AED」，結合衛福部每年都有編列的預算，讓更多原住民部落建置AED。我還投入使用教學的推廣，一方面教原鄉在地醫療院所如何跟衛生局申請，另一方面我也在中央監督申請案件流程的流暢度。不僅如此，我也試著用一點自己的知名度，在每次的教學都加上直播，鼓勵企業捐贈。身上掛著麥克風，面對著台下幾台攝影機。即使直播了好幾次，每次直播前，仍然緊張；每次直播後，都再次檢討，雖然講的內容一樣，還是想要讓每次直播有點新的變化。

記得那天受TVBS電視台的邀請，在World Gym和小可直播AED+CPR。那天碰巧也是剛加入學校校友會LINE群組，有些學長很熱情也很搞笑，一直在群組留言，但我實在沒辦法好好聊天回應，學長們為此稍微抱怨了一下，我也只能回說：「請原諒，等等要直播AED+CPR，需要一點時間準備，其實很緊張，我需要對自己的言行負責。」不為什麼，我慎重地看待每一次可以對大眾宣導的機會，就算只是重複說著一樣的東西。

除了推廣AED，我也大膽地假設我們醫院最強的心臟專科可以和衛福部連結，來做離島的心臟遠距計畫。這計畫得到院長——知名的心臟外科權威魏峥醫師，和副院長——也是知名的心臟內科權威殷偉賢醫師的大力支持，我就開始主動聯繫衛福部。在一次的會議中，一拍即合。之後醫院的心臟遠距醫療中心、衛福部、蘭嶼島，三方多次會談之後，就成立了。

二〇一九年十月，在屏東的原住民健康照護諮詢委員會，以「慧原鄉」為主題，第一個報告的就是我醫院的蘭嶼心臟遠距醫療。我被指定為回應人。

這次我更大膽了。原本預訂總統要來開會的，即使總統沒有到，衛福部長一定會在場，我們還有很多的訴求和聲音是沒有被聽見的。我心中想著，這是一個很珍貴的機會啊，讓我們的聲音可以被聽見。

在我們醫院的心臟遠距醫療中心主任報告完蘭嶼經驗之後，輪到我上台了。

「接下來，我想藉著這個機會分享一下這陣子當原住民健康諮詢委員會委員的心情。」我說著，投影片放著「原鄉不平等改善策略行動計畫」的標語和圖樣。

「剛開始參加，真的是帶著期待和能為族人健康努力的心情，結果加入了，很多委員的心情一定跟我一樣，發現：這像是一台已經發動的公車。計畫是什麼？該怎麼執行？人事預算要怎麼運用……都已經決定好了，我們像照片上的人一樣，一直追著公車跑。該做什麼，該怎麼做都已經決定好了，我們像是背書一樣地存在著。」我停了停，繼續說：「當然，這十大計畫還是有它非常好的地方，再來，至少先做，再求改進，也是一種方式，總比什麼都沒有好。」

緊張的我忍不住頓了頓，繼續說：「我就在想，我還可以做什麼？」

我在台上直視部長：「部長上次開會曾提到：有去過三百多個偏鄉。那麼現在我正在做的一步一腳印，原鄉推廣AED和CPR，很有可能會超過部長。因為，七百多個原住民部落，還有六百多個沒有AED。在今年終於有了一點點小成就，要特別感謝醫事司的幫忙，現在信義鄉十三個部落都已經建置好AED了，我還會繼續努力，可能會超過部長喔！」我帶著大家看我在偏鄉推廣的照片。

「其實，我做這些看起來非常偉大，都要歸功於我的明星光環。」牆上放著數不清的我的上電視的照片。「可是有一群人」這時投影片跑出原住民醫學會的大大的LOGO出現在牆上，接著一張張默默在原鄉服務的醫師的照片慢慢地堆疊著。

我緊接著說：「他們才是真正偉大、默默付出，他們做的早已經遠遠超過我所做的。我總是以『因為我先生和小孩喜歡城市生活』來當理由，可是你知道嗎？當一個已經訓練完整的醫師，準備闖江湖的醫師，讓他下鄉，就像把一個武功高強的大俠給廢了。我們的康理事長，原本前途一片光芒的外科醫師，現在在山上，最多開個脂肪瘤。

支持他們繼續下去的理由是什麼？

如果要問誰最了解原鄉健康問題，除了他們，你還可以找誰？

這個十大健康計畫，一直被詬病的就是沒有『文化敏感度』。我很難過，也很遺憾，當初在訂定計畫的時候，居然沒有一個原住民相關專業人員參與。」我歇了口氣。

「部長！你都找我們當委員，為什麼不讓我們實質地參與！」此時我眼光看向部長，同時誠心地張開手掌、伸出手臂，指向部長：「部長！我們一起好不好？」再把手放到胸口：「部長！我們一起！我們一起！我們一起！」

接著，向大家介紹默默無聞的「原住民醫學學會」，也歡迎大家加入。並跟大家預告，當晚晚宴之後會有原住民醫學學會的開會。

當天晚宴一開始，部長就重複了我的訴求。我忍不住大喊：「部長！我愛你！」在歡樂聲中，大家又唱又跳又舉杯。不得不說，部長的嗓音非常有味道，還有，酒量不輸原住民。

接著，我們開始原住民醫學學會的開會，部長後來真的加入了！

大家開始你一言我一句地跟部長討論、提問。

輪到我了。我閉上眼睛思考了一下：「部長，我小的時候轉到埔里國小讀書，就住在修女為原民孩子辦的收容中心。開學的第一天，學校廣播：『山地同學，山地同學，請到某某教室集合。』我開心地走向那個教室，以為可能有獎學金可以申請或是鼓勵之類。一進去，卻發現氣氛不太對，站在台上是眼神兇狠的訓導主任。當大家坐滿之後，訓導主任說話了：『你們爸爸媽媽辛苦送你們出來讀書，到了都市就要好好珍惜讀書的機會！不要給我抽菸、打架鬧事！女生不要給我亂懷孕！出事了被我知道，一定給你們應有的懲罰，現在，全校的山地生都由我來直接管理！知道嗎？』

我當時很驚訝！一個這麼大的、看似平等的城市學校，還是要把原住民學生另外管理。部長，不好意思！但這不就是『殖民文化』嗎？而原住民的健康不均等的處理，也差不多是這個狀況？表面上要讓我們全民的健康平等，但一切都由你們來決定我們該解決的問題？決定該如何解決？」

部長低頭一會兒，抬起頭說：「我們從以前到現在，霸凌原住民太自然到，我們都不知道我們這是在霸凌。」

部長真誠的回應，讓我驚訝。接著我們繼續討論未來該如何解決。

現在，爸爸，你來看，有沒有覺得我算是「大方」了？

其實，跟部長說話，心頭是小鹿亂撞的，在台上對部長、副縣長、立委、長官等等還有所有原鄉醫療群說話，我更是手腳冰冷，靜下來時是會微微顫抖的。但是，如果做這件事情，表達這些訴求，可以幫助更多人，我一定要跟你一樣大方。

我很厲害吧！

像是全身被扒了一層皮般虛脫地離開急診室，但心情是舒坦的。

想著要打通電話給先生、想要去買一下孩子明天學校需要的文具等等，許多想法盤踞在心頭，最後我停在醫院旁邊的河堤，讓腦袋放空一下。

傍晚一位婦人在去看牙醫的路上突然昏厥，臨時被送到附近的醫院，心電圖做完，該醫院認為是急性心肌梗塞，馬上用救護車轉到我們醫院。抵達時，婦人已呈現休克狀態——低血壓、整個人在盜汗、合併微弱的呼吸和意識、還有異常的低心律（每分鐘只有四十跳左右），她隨時都可能死去。

心電圖監視器上沒有看到急性心肌梗塞的特殊表現，但是那波動很像……是高血鉀？和我非常尊敬的護理師「三重金城武」雙眼對視的瞬間，有了相同的默契。

高血鉀可以分成輕度、中度、重度，根據嚴重程度，有很多治療方法可以用。

但是重度高血鉀很可怕，有些到院前死亡的病患就是重度高血鉀，高血鉀一旦讓心跳停止，在一個沒有血循環液流動的死亡個體身上，要給予藥物來反轉高血鉀幾乎是不可能的。

病患的心跳就快要停止了，只要先打上一支針劑就可以暫時穩定心臟，讓病患有更多的存活機會；也可以讓醫護有多一點時間跟死神拔河；還有，如果真的有反應的話，也間接證實致命性的高血鉀這個方向是正確的。可是，因為休克的關係，能摸的血管都扁掉了，一群人撲上去努力找四肢上所有的血管，一針一針地盲插，不是破了，就是打不上。

應該是快不行了，被四五個護理師抓著四肢扎針，婦人完全沒有哀嚎或是掙扎，心跳越來越慢，心電圖上的波動，彷彿死神之舞般的扭曲起伏著……隨時就要停止！

時間一秒一秒地過去，有越來越大的機會要準備跳上病床開始ＣＰＲ。終於，三重金城武用小兒科最細小的針打上了，我們趕緊從血管給藥物。

藥物在三十秒內就讓心電圖有變化，這更確切了我們的推斷——致命性高血鉀。是什麼讓病患發生致命性高血鉀呢？這通常都發生在腎臟功能差、甚至已經在洗腎的病人啊！病患過去除了高血壓，沒有特殊病史，腎臟功能也好的……怎麼會？

但就在這時候，那條唯一的小血管破掉了，沒有時間懊惱或是大罵，護理師們又繼續埋頭找血管。病患的心跳又開始不規律了！這樣下去，藥效很快就過，心跳還是會停下來，真的要直接轉換CPR急救模式嗎？但如果走到那步，在死亡的軀體上找血液不流動的血管更加困難。

「不可以走到那一步！」大家都是為這信念努力著。

「田！Neck CVC！」（註：CVC——Central Venous Catheter中央靜脈導管。有別於周邊靜脈血管注射，中央靜脈導管主要打在深部大條的靜脈，如：頸部或是鼠膝部，過程很複雜，需要劈刀、粗大的鋼針、導管……在緊急的狀況，必須由有經驗的醫師執行，因為如果失敗，有可能會造成大靜脈鄰近的大動脈破裂、大出血、或是其他可以導致生命危險的狀態）。

大家急忙把病患推入急救區，護理師們還是繼續找血管。將被扣著高壓氧面罩、還有微弱呼吸的病患頸部固定消毒過後，用無菌洞巾蓋在病患的頸部，留下一個圓形的小區域讓我下針，沒有人給我加油，幫我備好東西的護理師早已轉頭繼續找血管，他們也在做最壞的打算——「田如果沒有打上，還是要有一條血管，只要一條就好，給藥穩定之後，就可以有時間讓腎臟科把高血鉀用洗腎的方式洗掉，沒有穩定，其他都不用想了。」

廣播：「田醫師，請接一線，檢驗室通報。」

「直接講！」我大喊著。已經做好消毒、準備下針的我，是不可能脫下手套、離開無菌區的。

護理師按下急救室電話的廣播器：「報告病患×××，病歷號××××××，動脈血的鉀離子九點四。」（註：動脈血檢查——主要看血液氧氣、二氧化碳和酸鹼值。但因為動脈血檢查報告可在幾分鐘內就出來，所以雖然不夠精準，有些血液內成分可以參考。）

九點四？七點五就可以到院前死亡了！九點四居然還有殘存的心跳給我們！回過神，看著洞巾圍著的區塊，心裡默默祈禱著：「請讓我一針就上！」喔！天啊！不想承認自己其實只有一半的把握。

「手，不要抖！摸到動脈之後，把動脈推開，很確認再下針！」在心中提醒著自己。

看到血流進手上的針頭，我們只差歡呼了！真的一針就上了！謝謝！謝謝！謝謝！接下來我們會繼續用盡全力為婦人努力的！

等不及讓我完全固定好，護理師已經開始從中央靜脈導管的三個接頭注射所有相關的急救用藥，病患的心電圖也戲劇性地轉為穩定、轉趨正常，接著我們量到正常的血壓了。

檢驗室又打來報比動脈血更精準的血液鉀離子出來九點七！是的！很高沒錯！我們早就知道了！也已經超過這個進度了。趕緊請腎臟科醫師安排緊急血液透析，將鉀離子排出體外。

「幫我準備double lumen，從CVC進去」被會診，急忙趕過來的腎臟科醫師交代著護理師。（註：double lumen——double lumen dialysis catheter雙腔中心靜脈洗腎導管）CVC除了剛剛救命用，還可以接著當洗腎管路，真是太好了。

呼！危機解除，大家體內的腎上腺素開始停止分泌……這時才發現自己的心跳原來這麼猛烈、這麼快！

感謝三重金城武那一針，讓我們有多一點的時間跟死神拔河！

感謝急診的團隊合作，一起翻轉死亡！

我們不是只有這個病患，確定病患的命守住了之後，大家鳥獸散，繼續完成其他病患的後續，現場就交給腎臟科醫師還有專責照顧這位婦人的護理師。

家屬在急救室門口聽著腎臟科醫師解釋，並忙著低頭道謝。這樣一個過程的確讓一群急診醫護瞬間耗去大把能量，雖然沒有任何一個家人跟我們道謝，但這無名的喜悅，可以讓我們開心好久、好久、好久……

今晚河堤旁邊的空氣雖然有點濕熱，加上在河堤邊慢跑、運動的人揮灑的汗水。我居然不覺得悶，反而通體舒暢，只是有點疲倦。

我們今天坐老位置吧！就最靠近天母西路的那個長椅。

我們今天聽《好久不見》好不好？你離開之後，我最喜歡的一首歌。旁邊的位置空著留給你，你坐過來了嗎？另一個耳機留給你聽。

怎麼樣？你的女兒還不賴吧？呼！剛剛真的是千鈞一髮。其實，我知道你一直以我為榮。國中的時候，還被我發現：你居然會隨身攜帶我的成績單還有獎狀。

啊！國中時期——被霸凌最慘的時期，但是也成績最好的時期，其實都是因為你一直在鼓勵我，只是我沒有勇氣跟你們說我被欺負得多慘。

其實，「自卑」從開始到平地學校讀書的時候，就一直跟著自己。當然，外公的鼓勵，我有一直放在心裡。

當時知道外孫女還不想殺豬（布農提親或是婚宴會用『殺豬』表示誠意），趁著沒有別人，在深山中老舊的倉庫裡，外公深鎖著眉看著我，用他獨特的國語說：「既然那麼想要讀書，就要很努力啊！不可以讓人灑馬斗辣（瞧不起）啊！布農，要驕傲的啊！以前我在日本國校讀書的時候，也是沒有被他們贏過啊！種地瓜比賽，我都底一啊！打馬薩啦（加油）！一級棒啊！」

我是真的以當布農為榮，但是外面的世界，即使大家都是「布農」（布農Bunun是「人」的意思），原來是有分別的！他們似乎是比較高級的，而我們原來是那麼低等。

從開始在平地學校讀書，我的外號都不太好聽！像「黑豬」、「胎溝番仔」等等。

「為什麼要討厭我？為什麼要傷害我？」我很想、又很怕知道。最可怕的一次，應該是被一群孩子包圍，被賞著數不清的巴掌的那一天吧？「為什麼要這樣對待一個人呢？」這問題是我心中無解的傷痛。

對！人！就跟你我一樣都是「人」！憑什麼呢！

那之後，雖然沒有被揍了，但言語上的霸凌沒有少過。不管大的理由、小的原因。連開心地在學校音樂課分享布農音樂及服裝，也可以被取笑是「五子哭墓」。

我不想讓你們擔憂，所有被霸凌的事情都隱忍著。夜深人靜，在收留外地讀書的山地學生活動中心或是學生宿舍裡，有著我數不清的偷哭的夜晚。那些回憶重重傷了當時幼小的心！雖然課業成績還是很好，我的自信卻被蹂躪地徹底。

「我是不是真的那麼糟啊？」不只一次這樣問自己。

爸爸你生病之後，不用上班的時間，我幾乎都耗在你的病房，這也讓我們有很多時間聊天。

「你覺得你的女兒很漂亮嗎？」記得有一天，我俏皮地問。

「為什麼這麼問呢？」你說。

那是第一次，我把過去這些被霸凌的事情跟你說。說著、說著……發現你眼眶泛紅，眉頭深鎖，每個話題都很容易侃侃而談的你，居然沉默了。

我趕快停下來。

「都過去了！而且聽說有些人過得很糟。應該那時候要跟你說的！我怕你們擔心！現在跟你講也很ＯＫ啊！看吧！我就知道你會難過！我只是要知道，如果那時候跟你說，你一定會來救我、保護我的！對吧？」我說。

「所以後來我超級沒自信的！快說吧！」我邊說同時將把臉貼到爸爸你的肩膀。

以前啊！我每一個看過你的同學或朋友都說你好帥啊！在家上你的談吐與氣質，真的迷人。在我心中，你和媽媽的確是兩位非常美麗的人，但是你們從不花時間在外表這方面大做文章，只鼓勵我和哥哥不要髒兮兮就好。

記得小時候到一個全校公認最搞笑調皮的女生家玩，她的媽媽稱讚她美麗的像朵花的時候，我突然難過地想回家。不知怎的，邊走邊哭……

當時心裡想的是「為什麼你們沒有這樣說過我呢？」

你給我一個笑臉：「我以為妳一直都知道，在我心中，妳是全世界最漂亮的！」

「其實我只是要聽這個啊！」我們倆坐在病床上哈哈大笑。

經歷了這麼多，用比一般人更多努力去面對這些、原諒自己、接受自己、肯定自己！現在的我的自信，不輕易被動搖！每個人都有他獨一無二的美麗！我是這麼相信著的！

爸爸，你的女兒長大了，是吧！

剛當上主治醫師、可以獨當一面、往前衝的時候，你生病了。你都沒有機會看到這些年我多麼努力在工作、在接受挫折、在挑戰困境、在學習、在成長……

但是，我知道，你一定很以我為榮！

我現在要閉上眼喔！頭往你這邊靠過去喔！讓我躺一下、撒嬌一下……

快吧！再說一次那句話。

兩個婚禮，兩個葬禮

今天，急診同事婚禮，就在我結婚的地方——醫院的餐廳，你差一點就可以來參加的地方。

我自告奮勇要當婚攝，這是我第一次當婚禮攝影，也是在你離開後，第一次勇敢地踏進來，重複一樣的場景。

腫瘤開始擴散之後，爸爸你努力辦完我們全台灣的Tanapima家族的宗親會，那是我第一次知道，沿著中央山脈我們家族成員從北到南有好幾百人啊！在宗親會上，你告訴大家：「我的女兒下個月要用布農婚禮當作訂婚儀式，歡迎大家來參加。」

老外的訂婚，只要套上戒指、點頭說「yes」就是了，可是第一次戴著戒指回部落，你和媽媽完全無感，我先生有點失望，媽媽說：「沒有殺豬，不算。」

於是，就選在我的生日辦了布農婚禮。在那之前，爸爸你好用心地安排菜色，全部都是原住民風味餐——山豬皮樹豆湯、烤山豬肉、野菜、苦花、溪蝦等等。我還請隔壁的嬸嬸幫忙釀的小米酒，因為宗教的關係，那時候你跟媽媽已經不再碰酒了，只是很多來參與的人不能理解，所以在你的同意下，我們瞞著媽媽做了。

豬也訂好了，外公會來幫我們祈福，家中的壯丁會幫忙分切豬肉，現場還會有超好喝的大鍋內臟湯，所有人就和過往傳統一樣，席地而坐。

思緒跳到我的布農婚禮的下一週。表叔、表姑、教會詩班祝福的歌聲引領著陽光劃破綿長又沉重的陰雨，全家人的眼淚在此時開始崩潰決堤。

我想起小時候，生性節儉的奶奶，會從衣櫃深處選一個捲起又綁起來的塑膠團，翻開裡面一層又一層包覆的衛生紙，拿起最深處的錢，讓我去雜貨店奶奶那邊換糖果吃；也想起老家整修前的院子裡有棵龍眼樹，果子開始成熟的時候，她會守著樹採下結實纍纍的果子給我和哥哥吃。

從來沒有看過她生氣和打人，只有一次你和媽媽吵太兇了，奶奶裝勢要打你，年幼的我和哥哥害怕地攔住她，你和媽媽見狀在一旁尷尬地笑了。

＊＊＊＊＊＊

詩歌唱完了，觀禮的人們也都一一走過奶奶的身邊，留給我們家屬空間，最後一次瞻仰她的遺容，姑媽已經痛哭到需要攙扶，我們拿起花朵，擺在棺材裡的各個角落，我放了幾朵在她的臉旁，並輕輕觸摸她的臉頰……

小時候，吃晚餐的時候，奶奶會提早去洗碗，然後看著不愛吃飯愛吃糖的我、輕輕拍著我的臉頰，指天花板用她只會的布農語說：「吃多一點，就可以長到那裡喔！那真是太棒了！」

布農婚禮的前一天晚上，我與先生和朋友們帶著愉快的心，開車回到山上的家，路上為了繞去好市多買東西，我們迷路了兩次。

爸爸你打電話給我說：「奶奶有點喘，妳回來看一下怎麼辦比較好。」

回到家中，沒等卸下行李，就趕緊去看她。我的心頓時沉重下來……如果這是在我的急診室，美麗聰明又專業的護理師們一定會馬上把急救室／插管器具／急救器材準備好等我，因為這樣的呼吸方式，已快要接近死亡了。

為了不驚動大家，我要哥哥趕快把她放到車上，快速帶朋友們卸行李、和先生道過晚安，我們就往醫院出發了，媽媽也在車上。爸爸你比較容易疲累，但是因為有哥哥和我，你很放心地留在家等著。

一路上我一直注意著奶奶的呼吸，可是沒多久，一切都靜止下來了。馬上要哥哥停在路邊，我跳到她身上準備急救，在哥哥確認爸爸、姑媽、叔叔不要急救之後的意願後，我停下手上的動作。

奶奶走得很安詳，我用電話安慰姑媽和叔叔。原本要轉頭帶遺體回家的，你趕緊來電，要我們先送奶奶到殯儀館，隔天的婚禮還是照常舉行。一路上我就這樣靠在她肩上、握著她的手，什麼都不想說。

到了殯儀館，給人員看我的醫師證件，他們給我們一個位置。那是我最後一次幫奶奶整理身體，拔掉她身上的尿管、鼻胃管，和媽媽一起幫她清理從身上脫出的汙穢，換上衣服，擺上安詳的姿勢和遺容。

最後，我輕輕撫摸她的臉龐……就像最後一次在棺木裡輕撫她的臉龐，我在心裡對她說：「希望妳會喜歡。我把這些花就放在妳臉的旁邊……妳的皮膚好漂亮呢！雖然臥床這麼久，爸媽把妳照顧得好好，沒有褥瘡，每天還是把妳抱到浴缸泡澡，香噴噴的。身為醫師，看了這麼多臥床病患，就屬妳最幸福了！妳真的好幸福呢！」我的眼淚一直不爭氣地流。

禮拜後，表姑代替爸爸向大家介紹奶奶的生平。享年九十三歲的奶奶，原本生有七個孩子，前面四位男生都夭折了。只剩下姑媽、你還有叔叔。爺爺靠當木匠和獵人以及偶爾打零工養家，奶奶幫忙持家。雖然生活清苦，她和爺爺還會給乞丐和孤兒溫飽，除了這些，奶奶還常常認真地幫忙教會的工作。

我對奶奶的印象多停留在已經有失智症狀、像個老頑童的樣子，那些是我比較不知道的部分。不過，這也讓我了解為什麼家族和村子裡有這麼多人敬重她，即使她後來開始對人事時地物混淆，甚至經常做出一些脫序的行為。

從沒有接受教育的爺爺奶奶，借錢、賣地、賣牛，讓爸爸你和叔叔可以接受教育。爺爺在民國六十八年就過世了，你雖然開始當公務員，卻要背負一大堆債務。孝順的你還是承襲爺爺奶奶重視教育的意念，支持叔叔完成醫學院，當上醫師。

叔叔、我，還有堂弟、堂妹，是完全沒有接受教育的爺爺、奶奶所造就的四個醫生。

蓋棺的時候，姑媽拚了命地哭喊Dina Dina……（布農語「媽媽」的意思），你堅強地在一旁抿著嘴。

接著，我們一行人，跟著棺木，走到部落山邊的墓地。就把她葬在她最思念的爺爺身邊。長老帶著大家在墓旁祈禱完後，你看著大家說：「三十年前，我在同樣的地方埋葬我的父親，當時我的心好痛，恨不得鑽到墳墓裡和他一起埋葬。今天，我在這裡感激，因為我和母親還有這麼長久的相處，我們都很珍惜。最後這幾年，她都在病痛中度過，然後在安詳中離去。她已經承受很多，我沒有任何遺憾。」

我的布農婚禮當天，因為前一晚送奶奶的關係，很晚睡、也很累，當我仰望天空，美麗的陽光灑進我眼簾，我突然打起精神來。是奶奶！這是她送給我最美麗的結婚禮物和祝福。當我戴著微笑感受陽光的時候想到，她不只送我這個，她一直在等我。

她一直在等我們。她很想撐到婚禮的，她一定是很想參加我的婚禮的！只是她的身體撐不到，但是她真的很努力等我們，即使不能參加，也不想婚禮因為她而取消。

Uninang, qodas Valis謝謝妳！奶奶！謝謝妳等我！

布農婚禮中，有好多沒有印象的老人來參加，他們應該是奶奶年輕時候的玩伴或是表、堂兄弟姊妹，但是他們知道我。他們用顫抖和遍布皺紋的手握住我的手：「Manouad Valis Dicis. A sadu malmanu mishumisang……」當年的小Valis好漂亮啊！一定要認真用心地生活喔！

藉著他們的手，彷彿感受到是奶奶在握著我、祝福我。如果奶奶在天堂和一堆天使在一起，大家開始聊生平的時候，她應該可以很驕傲地說：「我的兒子超級孝順的！」

後來衰老、失智的奶奶，總是給爸爸你惹很多麻煩。可即使如此，你還是不管走到哪裡，照樣帶著奶奶。你絕對不會忘記她喜歡紅旗袍、很閃亮的項鍊、喝咖啡、吃魚、燙捲捲頭……還有像個水蛭一樣地到處黏著爸爸你。

我有時候會氣奶奶，可是你都不會。

你說：「小時候，她和爺爺從來都不會打我們，雖然生活清苦，卻甘之如飴。」

在爸爸你的印象中，她一直是很偉大的慈母。然後你就會說小時候出去旅遊，因為怕便當被同學笑，不敢去的故事。

當時，奶奶趕緊到河邊抓溪蝦，拿米到店鋪換麵粉和著水、炸，就變成簡單的天婦羅。這個溪蝦有奶奶滿滿的愛。溪蝦也是你最愛的料理之一，我的布農婚禮上也有。

每個星期天教堂裡，奶奶總是頂著最愛的捲捲頭參加，沒有人知道下一秒她會不會出現什麼驚人之舉，讓所有人、還有在台上的你停下來注意她，即使真的發生了，如果有影響到大家，爸爸你會跟大家抱歉，如果她只是光著腳坐在教堂的走道上，你會繼續你的報告，等一切結束後，在走下台，撿起她的鞋子，帶著她坐在你的身邊。

奶奶開始臥床後，你和媽媽把她照顧得好好的。為了陪她、放心不下她，你們很久沒有出遠門了，但是從來沒有聽過爸爸你抱怨。後來，你深受病痛之苦，但是心裡還是牽掛著她。

依照布農傳統，出生後，受著大家的祝福，以家中長者命名。我延續奶奶她的名字Valis Tanapima，我會學她，延續對這個家的愛。

田市女Valis Tanapima生於１９１７／11／02、２００９／02／27往生，２００９／03／06葬於她最愛的先生身旁。回到醫院的餐廳，我繼續手上的攝影工作。那時候一切都太緊湊，這是我第一次好好欣賞我的婚禮餐廳。婚禮上有請小提琴家演奏。

我的婚禮，也有爸爸你安排的音樂。

在突兀的高音出現之後，整個八部合音彷彿一鍋接近沸騰的山羌樹豆湯，開始冒泡，然後滾燙沸騰。這時合音的圓圈出現一個缺口，面向新人慢慢打開，合音驟然停止，而震撼人心的餘音像一把巨槌，將在場所有人敲醒，回到現實。從未聽過現場唱的八部合音的漢人及外國人，完全被震懾住了，有的人摒息，有的人忘了這是一場婚禮，起身鼓掌。

我的眼眶泛著淚，看著穿著族服、光著腳的族人，彷彿看見你，我微笑著。這是你堅持婚禮一定要的八部合音，而且你本來想要一起唱的。接下來，原本播放著新人從小到大照片的螢幕，出現幻燈片。我拿起麥克風站了起來。雖然幻燈片上的文字是中文及英文，我用不是很流利的布農語開始慢慢說。這一切準備地很臨時，大部分是在化妝的時候準備的。

Mamanduq du duba saikin mu-u. A ticis a saikin hai, asa saikin basidaun dasa bananal.

「I've wanted to marry a man since I was very young.

從我很小的時候就一直很想要嫁給一個人。」

投影片放著我小時候唯一一次當小花童，穿著可愛小白紗，還是跟每隔一段時間就會到部落裡賣二手衣的泰雅族阿嬤拿的，配上那雙已經不亮的粉紅皮鞋，雖然鞋頭都磨破了，但可以看出很愛那穿著，還俏皮地作我最愛的表情——眼睛往上瞪。

Ti-ki bananal. Sia ti-ki.

「He is this good-looking man.

就是這位大帥哥。」

是你年輕帥氣的黑白大頭照，讓在場的女性忍不住驚嘆。

接著我轉身面向媽媽，將手放在她肩上。

Ai-du-hai, manausin masahal sia tiki mano-uad tu binanouad.

「Unfortunately, he met this beautiful woman earlier.

很可惜的是，他先認識了這位美麗的女子。」

（照片上的你和媽媽都好年輕啊！媽媽還俏皮地對鏡頭作鬼臉。）

Ai-du basadu sam a. Sai-ia hai maqartis inaq to busual.

「On the very first day we met each other, he helped cut my umbilicus carefully.

在我們初次見面的那一天，他小心翼翼地幫我剪臍帶。」

媽媽曾說，你一直很想要有女兒，連名字都想好，要叫「小圓」。在偏鄉小診所的產房外焦急地守候，伴隨著嬰兒哭聲，一聽見護士說是女兒，你馬上衝進產房，看到醫生準備剪臍帶，你的臉貼近、心疼地輕輕吹，卻被醫生大罵：「這樣會細菌感染哪！」

Soba hai-ia hai, ma-dia sidadaidad isai daku.

「Ever since then, my life was full of his wonderful love and care.

從那一刻起，我在他滿滿的愛和呵護下成長。」

而這一刻，我站在台上，雙唇顫抖，哽咽無法言語。台下外國人桌，發出鼓勵的呼嘯及掌聲。台灣親友這邊也大喊：「田，加油！」、「小圓！加油！」

收起淚水，深吸一口氣，我繼續。

Sai-ia hai inaq masdan masial tu kavial.

「He is my best friend.

他是我最好的朋友。」

看著你和當年好友陳叔叔的黑白合照，你們穿著短褲驕傲自信地在排球場上合影。你發病前幾年，我還陪父親跟陳叔叔及一堆同期老友聚餐，肝癌末期可以從全身泛黃的皮膚、纖細的四肢和腫大的肚皮看出。陳叔叔退伍後經商發達，住在台北東區豪宅。癌症擴散太快，因為侵犯到大血管，即使有雄厚資金可以到大陸換肝，卻沒有醫師敢動刀。沒有什麼可以醫了，也等於沒有什麼禁忌了，那晚，大夥兒暢飲好幾瓶陳年好酒，歡談過往雲煙到深夜。過沒一陣子，陳伯伯就走了。

來參加婚禮的陳媽媽看著照片潸然落淚。

Malmananu du maldamasal du mihalam tu bunun.

「He was a brave cancer fighter.
他是一位勇敢的癌症鬥士。」

投影片上放著你大刀之後，身上帶著大小管子，趕回山上老家，為了要參加第一次在家中舉辦的聚會。你暫時忘卻身上疼痛，愉快地和傳道人們分享。

「其實，我有很好的信仰！沒有什麼好害怕的！我的心情很平靜！這輩子沒有什麼遺憾了。如果現在就走，能夠見到我的父親，還有妳的奶奶，我也很高興。」過世前四個多月，趁著在病房和和我獨處的時間，你用最溫暖堅定的眼神看著我說。

我慢慢地走近你，就坐在你床邊，抓著胸口：「可是我會捨不得，這裡會很難過……」

當下我真的好想像小時候一樣賴在你身上嚎啕大哭，然後你會哄我，給我全世界最溫暖的安慰……你是全世界最會安慰我的人。我心頭突然一陣強烈的扭擰，腦海中又出現那畫面——你離世前不到兩個星期，看著枕邊人每況愈下，媽媽又在病房大鬧脾氣，罵護理人員不對，罵醫師沒有好好治療。我想緩頰，卻被指著鼻頭大罵。

靜靜躺在病床上的你，用盡所有力氣，慢慢起身，轉過頭看著媽媽，一絲憐惜、一絲責備，輕輕地說：「每個人都會走這一段。」

Dan-u-sal saduan sai-ia inaq du ulus han inaq du ising. Dubasaia du masduan manouad.

「He opened his eyes and said, "How beautiful",

when he saw part of my wedding dress two weeks ago.

兩星期前，他看見我的婚紗睜大眼睛說：『好美啊！』」

（那是我為你照的照片，消瘦的你躺在病床上，還不忘對著鏡頭給我鼓勵的微笑。）

Gavain gavain saikin mavainun gu tiki.

「I put it on for him right away.

我趕緊為他穿上。」

照片上，我素顏穿上婚紗，站在病床邊，輕輕靠向躺在病床上的你，雖然微笑著，隱約可以看出我浮腫布滿血絲的雙眼。我好像沒有能力把這個幻燈片講完，鼻頭好酸，連呼吸都有點困難。我看著沒有焦距的遠方，靜默好幾秒。

那是你第一次也是最後一次看我穿婚紗的樣子。

我沒有心理準備，但看得出來你真的很想看我穿。我帶著婚紗到病房廁所換，心中有說不出的複雜感受……努力試著釐清自己的感受，我好像在害怕，但是我在怕什麼？

因為要脫下牛仔褲，所以得先脫去馬靴，平常穿脫都很順手的，那天卻怎麼也脫不下來，雙手奮力一拉，穿著襪子的腳直接踩在浴室裡的一灘水上面。

我哭了，我懂了，我好害怕那將是你第一次，也是最後一次看我穿婚紗。

Ni-sai-ia maqdu mihamun kada.

「He can not make it here today.

他今天沒有辦法來。」

那真的是爸爸你第一次也是最後一次看我穿婚紗。

照片是你最後還可以推著點滴走的那段日子。前一晚還可以一起看電視上的韓劇，隔天在病房來來回回幫你處理很多小事，包括在廁所裡吐。等把你安頓到病床上的時候，你什麼都忘了……你呆呆地對我笑。只是，可以不要忘記我嗎？

有一天早上，我在爸爸你病房裡的沙發上睜開眼，你已經坐在病床上吃早餐，看護在旁邊幫你。我一定是太累了，居然都沒有聽到聲音。你微笑地看著我，示意我把窗簾拉開。陽光剛好就灑在你臉上。你給我一個比陽光還要燦爛的笑臉，然後繼續慢慢地享用早餐。我忘神地看著你，看著你吃東西就讓人覺得好幸福。你比著好吃的手勢，我笑著繼續看你。

突然，你停下笑臉，狐疑地、用虛弱地聲音問我：「是誰把窗簾拉開的？」

愣住看你，硬擠出一個笑容，驚訝地快要啞掉：「是……你……啊……」

應該是沒有聽到我的回應，你接著說：「那是為了什麼目的？」

小時候，在我的心中有一位永遠不會倒的巨人，所有事情都難不倒他。只是，我的巨人，而我卻無能為力……

A duda saikin du. Miqumisang dan cini cini du daisang.

……「I believe that he is now grateful to all of you for coming here.
我相信他一定很感激你們每一位的到來。」

思緒回到從住院櫃台幫你付完生命中倒數第二個月的住院費用離開時，那時候知道已經走到沒有治療可以做的地步，對於未來、對於可能發生的狀況，心中已經有個底。

靠著營養針幫浦，你很勇敢努力地撐著。從原本可以每天聊幾個話題，變成連說話都很吃力、話說到一半就睡著了。堅強的求生意志還在，可是身體卻漸漸在腐朽。我知道你真的很努力想要參加我的婚禮。可以嗎？可以不要這麼快嗎？

我知道自己一點籌碼也沒有，也沒有奢求的權利，只是可以嗎？但是，如果延續只是延長痛苦……我……

之前說好的，我們要看超偶總冠軍賽，你有努力要看幾段楊蒨時和段大俠的，可是又睡著了。那天晚上，是你開刀即將滿一年的前一夜。再前一年的同一天晚上，也就是你開刀前，我們兩個一起看我上《痲辣天后宮》，一邊聊天，試著緩解我們心中都不願承認的緊張。躺在病床上的你，要我一起看天上的星星，我躺在沙發上偷偷哭泣。我決定就讓你睡了，隔天早上，再跟你說結果。

後來嗎啡越打越重，倒數第九天你告訴我：「我沒有辦法控制我的意識。」

「嗯！沒有關係的。」我安慰你，我不知道還可以說什麼，我想要你可以控制意識，我想要你可以好起來，可是眼前的一切跟我的希望反向。

倒數第八天，上班中的我溜到病房看你。你和媽媽坐在走道窗台往下看。

「出來了！出來了！」媽媽興奮地說。

我順著你們的視線，三個寶貝孫子跟嫂嫂在醫院的草皮上玩耍。

你張著嘴巴，很認真地看著他們。

「紅衣服是Tulbus。」媽媽跟你說。

你也跟著唸：「Tulbus。」

不打擾你們看寶貝孫子，我回急診上班。

倒數第七天。我離開病房去工作的時候，我說：「I love you.」

你也用英文回我：「Me, too!」

「每天我們都要說我愛你。」我說。

你說：「好！」

倒數第六天，你看到我穿婚紗。

倒數第五天，我在急診上班，你讓看護推你到急診，你想要看我，只是看那麼一眼，你就滿足了，我也開心地繼續上班。

倒數第四天，容易緊張又比較沒有耐心的媽媽，三不五時會因為一些小狀況把我叫到病房去。我給你一個白板，也許無法說話的你可以用寫的。

你從床上起身，你消瘦後的臉頰，凸顯更大的雙眼，乍看之下，有爺爺的味道。你嘴巴一直動，似乎想要表達什麼。

「你今天有什麼想要跟我說的嗎？」我拿起小白板和筆給由媽媽攙扶著、站在床邊的你。你拿起筆，畫了幾筆，瞪大雙眼、吐舌，可愛的表情讓大家都笑了。

突然，你尿失禁……我趕快蹲下幫你擦，你慌了、顫抖著。

「沒有關係！沒有關係！我們幫你換就好了。」我好想哭……

倒數第三天，繁忙中，還是偷偷到病房看你，看護讓你坐在窗口看風景，我直接坐在爸爸你旁邊：「我們今天在這邊約會好嗎？」

你給我一個笑容。

倒數第二天，你說看見天堂，那是已經不太說話的你，最後一次說話了。

你看著窗外說：「妳看！天堂！很美！」

我將頭輕輕倚在你的肩膀上，你生病之後都沒有機會撒嬌：「可以跟我說有多美嗎？」

「美得無法形容！妳要把自己的人生走好！就會看到！」這是你的最後一句話。

倒數最後一天，以為你看到天堂，還清晰地說話，是代表你情況好轉，可是那天你卻整個走下坡。護理師急Call我，媽媽正慌亂地在病房大罵：「你們什麼都沒有做！原來你們只是給他打嗎啡、鎮定劑，我剛剛罵他們，叫他們都不要給！妳不是醫生嗎？爛醫生！爛醫生！」

原來嗎啡、鎮定劑對你很重要，眼前的你好喘、雙眼無神、慌亂無比，媽媽一下子讓你躺床，一下子讓你坐沙發，一下子讓你躺輪椅……怎麼樣你都坐不住，你又不會說。

我們為了你移動沙發好幾次，都坐不住，好亂好亂。

「就讓護理師給他打針，他好痛苦！媽媽，我求妳！拜託了！我求求妳！」我跪下。

「爛醫師！你們根本沒有要讓他好起來。」媽媽邊哭邊拉你到沙發上坐，她開始唱你喜歡的詩歌想要安撫你。

我忍不住了。坐在地上抱著你的腿痛哭。你突然靜止了，手放在我的頭上，好像有知覺一樣緊緊地摸著我。

對不起！爸爸！我真的有努力勇敢的，也跟自己說好不要在你面前掉一滴淚的。可是我哭了，就讓我用力哭吧！因為我停不下來了……

Mus an na basadu AL dun. Sia tiki isu du bananal.

「He told me, "I see your happiness in his eyes" when he first saw AL.

第一次遇見先生時，他告訴我：「在他眼中我看到妳的幸福！」

牆上放著你和我先生的合照，大家都笑了。你們兩個長得就像父子。

第一次帶他回家，你說很順眼，在媽媽忍不住笑說：「當然很順眼！因為你們長得很像啊！」時我懂了。為什麼我第一次遇見他的時候，腦海中出現他和一個可愛的、任性的、讓他用力愛的小女孩……的畫面。

Ticis sang saikin hai, sia madain du ima alaq alaq saikin saduan manouad to bindohan hai.

「The hand taking me to watch the stars when I was little

小時候，那常常牽我去看星星的大手。」

照片是我們的手，我的手緊緊握著已經沒有意識的、心跳在不久就要停止的你的手。站在床邊，握著你的手。小時候，這隻手牽著我的手，帶我看星星，當時，我覺得人有永遠，因為我想要永遠被這樣愛著！也是這隻手牽著我的手，告訴我史懷哲的故事，所以我從小就想當醫生。還是這隻手牽著我的手，在我哭著回來到你身邊說：「原來不是每個人都可以像史懷哲那樣做那麼多、救那麼多人……」的時候，安慰我。

你的心跳越來越快……

我是急診醫師，有時候，病人死的進來，我都可以救回來，然後他走著出院。看著心電圖監視器，有股衝動，也許我可以急救、CPR、電擊、插管、接呼吸器、用藥物維持他的血壓。可是你會醒過來嗎？可是你不會醒過來……

忽然間，你的心跳變慢，然後變成一直線。我的膝蓋重重地摔在地上，彷彿摔入另一個抽離的停頓空間，不是人的，但也不是你的。旁邊的人都變成慢動作地、無聲地，但時鐘的秒針繼續前進。

媽媽陪你坐救護車回山上的家，我搭高鐵回去。回到家中，跟家人一起幫你穿上上次你住院期間還去當母語考官的時候，我幫你買的襯衫。

那天，在大葉高島屋，我像個瘋子似的一口氣買了七八件襯衫給只需要一件的你，我竟慌亂地無法做這麼簡單的決定。看著電梯門反射的自己眼淚盈眶。我意識到自己是在害怕，怕是最後一次幫你買衣服。

之前買給你的，只穿一次去監考的鞋子，是所有鞋子中唯一可以套住你水腫的腳。西裝褲，是你還沒有生病前、還沒有消瘦下來時，我幫你訂做的。你好喜歡它，所有重要場合都穿它。它剛好可以套上你後來浮腫的肚子。

經過長途運送，你的身體已經開始僵硬了。

好多人來看你。媽媽有時候嚎啕大哭，有時候滔滔不絕地講述最後這幾天的歷程，還有，她還是不忘要傳福音。但她最常做的，是到你身邊唱你最喜歡的那幾首詩歌。而我不用再為你病房和工作上兩頭奔波，不用再努力找兼差機會，不用再看你受苦。我應該比較輕鬆的。只是，為什麼……我好像只看見親友們對我張嘴說話，卻不記得他們說了些什麼……

葬禮上，我只想安安靜靜地走完所有儀式，卻在你的幾十年死黨王伯伯放著你生前的影片時潰堤，影片裡的你在動、在說話、在笑，我忍不住上前想要摸螢幕上的你的臉，影片也讓王叔叔痛哭流涕到不能繼續下去。

當大家平復心情後，我頭頂上方有一隻藍蜻蜓，偶爾他會盤旋你的棺木上空，但大部分的時候都停留在我身邊，我去摸牠，牠並沒有被驚嚇而跑走。是你嗎？

Aip hai kisaiv dagu su-u AL.

「Is handing me to the most important person in my life 要將我交到我生命中最重要的人手上。」

幻燈片上是你和媽媽的合照，還有我公公婆婆的合照。因為你們的愛情的延續，所以有了我們的愛情。我知道你真的有努力想要撐到婚禮，我知道如果你在，你一定會驕傲地牽著我的手走紅毯的。

我很努力地忍住哽咽，轉過頭來對先生說出我的婚禮誓詞：

「My father taught me two life lessons. One-under the believe of I love you and you love me, there's no argue no anything that can destroy it. The other is – if you want to love someone, you have to be brave and be with all your heart. And you are the person who makes me brave and want to love you more and more every day. I love you!」

（在我愛你、你愛我的前提之下，還有什麼可以去破壞這樣的美好？這是爸爸你教導我的愛！你也是用這樣的態度引導我去珍惜我們之間的美好關係！）

那陣子感受到很多朋友對我的關心，很想為我做些什麼。

你生病之後，我的確身心俱疲，可也發現：想要為你做很多很多事情的力量和欲望一直不斷伸展，想要為你承擔的肩膀越來越堅強。要怎麼解釋這樣的心情？如果當時為你背十字架，踩著荊棘路，可以減輕一點點你的痛苦，我會毫不考慮答應。

這樣說，或許太遙不可及，又太神聖。

記得中學時期我愛上一本小說《停車暫借問》。那個夏天，我把自己關在房裡閱讀它好幾次，瘋狂重複播放著那曲《too beautiful to last》演奏版錄音帶當作背景音樂。抽完整包衛生紙，淚水還是淅瀝嘩啦地流。

原本擔心的你，知道我是因為小說才變成淚人兒。頓時笑開來：「幾乎每一個像妳這樣年紀的女孩都會經歷這一段。妳繼續看！以後再跟我分享，我也會跟妳分享我以前迷戀的小說。」

沒等你說完，我頭轉一邊，用肩膀抹去臉上的淚水，關上房門，繼續把自己送回那個戰亂時期的東北。小說裡面最吸引我的，是最前面的那一段初戀。

在那個戰亂時代，女主角偏偏就和一位日本軍官的兒子邂逅、相戀……吉田千重——是他的名字。想像中的他，某部分後來變成了自己喜歡男生的條件。最後，日本戰敗。吉田千重冒死與女主角見面，然後又攀過牆頭、踏著厚雪，身影消失在未知的雪夜。他要自己記得這個過程，記得這樣一個深刻的過程。要自己在為你做了很多很多之後，還能超出極限。

應該就是這樣的心情。

這是一個必須要經歷的過程。我要自己，深刻地記得，深刻地體會。所以，請不要為我感到心疼。就讓我，繼續，獨自，走這段路程……

即便孤獨、痛心，可是我有你的智慧、勇敢，和滿滿的愛陪伴著……

呵護

那個深夜，一個病人全身不舒服來到急診，他彷彿被行動式的黃燈籠罩著，黃色的鞏膜配上蠟黃的皮膚，不管燈光明亮或昏暗，總會讓人有「我的眼睛是不是會對這個人自動修圖」的錯覺，尤其在深夜，更會想要多眨幾眼去排除雙眼太過疲累了。

他滿身的酒氣，皮膚上明顯的蜘蛛型血管瘤，搭配纖細卻鬆垮的四肢，以及不成比例的凸肚。對於他的肚子痛，我在心中已經有了答案。

約莫大學年紀的女兒安安靜靜地陪在身邊，護理師需要什麼協助，她馬上就去做。給他安排一些處置和治療，幾個小時之後，終於有時間推超音波機器到他身邊，他一下就驚醒。

「請幫我把插頭插上。」我拍拍趴在他床邊熟睡的女兒。

他趕緊用眼神和行動示意我不要吵醒女兒，並表示他自己可以幫我把插頭插到床頭的插座上。超音波做完，用責難又同情的眼神看他：「你應該知道自己的問題在哪裡吧？你需要戒酒，不然只會更糟！」

「我身體沒有酒精會抖！很痛苦！」他苦笑著看著自己的雙手。

「那都可以解決的，只要你堅持！配合！如果這樣繼續下去，我們就會常常在急診室見面，你還有家人都會很辛苦。」我的眼神飄向他的女兒身上。

他無語了。

當我移開超音波機器不小心撞到床緣，他像驚弓之鳥般地本能性地去保護熟睡中的女兒。當我說對不起的時候，抬頭看到的是一個病榻中的父親，輕輕地拍著熟睡女兒的背。

直到隔天晚上，他一直等不到健保病床，就在大部分的急診病患和家人都安睡的時刻，他開始像癲癇大發作一般抽筋失去意識。原本趴睡在他床邊的女兒被驚醒，向我們求救：「我爸爸怎麼會這樣？是癲癇發作嗎？他以前從來不會這樣。」

在緊急處置無效之後，經過女兒的同意，我們給他插管，打非常強的麻醉鎮定劑去控制他的抽搐。

酒精成癮病患最常因為急性腹痛胰臟炎來到急診；等到肝硬化出來，就是肝硬化相關的病症——肝腦病變、食道靜脈區張合併出血、大量腹水、電解質不平衡、敗血症等等。即使如此這些病患，通常都還是繼續酗酒。

到了醫院，超過二十四小時後，他們的身體會呼喚著酒精、渴望著酒精……產生急性戒斷症狀。最可怕的戒斷症狀就是Delirium Tremens酒毒性瞻妄，最嚴重的狀態就是像癲癇般抽筋到死。

這時候有病房騰出了，連接著呼吸器，他因為壞死性胰臟炎和酒毒性瞻妄直接被轉加護病房。

****

另一個週末，一位年輕的爸爸因為背痛來看急診，問診的時候，他大腿上還坐著一歲多左右的可愛兒子。

「你哪裡不舒服？」我問，同步習慣性地查閱他的紀錄——零。初診就來急診。

「我背痛。事情是這樣的，我腰椎開過刀，可還是一直長期有背痛的問題。」年輕爸爸說。

「在哪裡開的？」我問。

他的兒子開始坐不住地咿咿啊啊。

「在南部。這幾天來台北出差，居然忘了帶藥，剩下的都吃完了。」他邊說，邊安撫兒子，一副非常有耐心的父親的模樣。

同一時間，他拿出一排空了的藥殼，感覺上空了很久，不像是剛吃完的。而藥名是嗎啡。

「可以先幫我打一針，然後再開一樣的藥嗎？」他緊接著說。

「這個藥，我急診這邊可能開不出來耶！但是我可以用其他的藥幫忙緩解你的症狀。」其實我心中是有疑慮的。

「但是只有這種藥對我有效！這是醫生開的證明！」他拿出一張很舊的A4紙，上面的確印有某某醫院和某某醫師的官印，內容是說這個病患只能用嗎啡類的止痛藥。

基本上，這整張紙的可信度也是存疑的。跟他周旋好一陣子，也試著給他台階下，但最後他卸下仁慈父親的面具，氣得離開診間。

「田知學醫師是吧！混蛋！妳應該只是個R（住院醫師）吧？妳給我記住！」他抱著嚎啕大哭的兒子在急診門口對著我嘶吼咆哮。我故作鎮定看著他，胸膛的心跳早已破百。

幾年之後，我們又見面了，不一樣的名字和健保卡，一樣是初診的他樣貌蒼老蠟黃許多。

「我住在南部，腰椎有開過，那醫生開不好，長期疼痛。」

這一次，他的兒子長大了，邊講邊拍拍他兒子的頭。

「長輩突然過世，我們從南部趕過來，我居然忘了帶藥！這幾天在靈堂前一直跪，跪得我的背痛到受不了，只好來麻煩你們。」他又拿出那排嗎啡的空殼。

我轉過頭看他，四眼相接的瞬間，他似乎想起來了。這次不跟他周旋，也不嘗試給他台階下，只開了一個不是嗎啡類的止痛藥給他。他沒有批價領藥，直接離開，消失在人群之中。

＊＊＊＊＊＊

一對男女來到急診，男的肚子不舒服，女的安安靜靜陪在旁邊，我們一直以為是他的妻子，但是當我們叫病患的家屬的時候，她並不理會我們。後來，來了一位媽媽帶著發高燒的孩子來到急診。

最後，那個媽媽跑來急診護理站，我們原本以為是要問孩子的病情的。原來她是要問那個肚子不舒服的男的病情，因為她才是他的妻子，發高燒正在打著點滴的孩子則是他的骨肉。她遲遲沒有離開護理站，吞吞吐吐，終於說出幾個字：「我可以知道，那個女的是有多漂亮嗎？」

＊＊＊＊＊＊

父親在每個人的心中是什麼樣子？有的父親總是扮白臉，捨不得對孩子發脾氣；有的父親嚴厲苛刻，絕不妥協；有的父親巴不得全世界都知道他有多愛自己的孩子；有的父親木訥寡言、默默付出等等，當然，我在急診室也遇過過對孩子不聞不問、無感的父親。不管是哪一種，每個父親都有他自己方式去教養孩子、愛孩子、面對孩子。

如果滿分的父親是一百分，那麼在我心中，你是兩百分。

****

一直記得中學那個夜晚，我哭著跟你說：「我好痛苦！痛苦到快要發瘋了！媽媽老是跟我說你跟那個女生的事情。我心中的你，是那麼完美，一下子就打破了！我不知道要怎麼辦？是相信媽媽？還是其實是她說謊？可以跟我說是她說謊嗎？」

那時候開始上健康教育，也慢慢了解男女生在一起不只有浪漫的牽手，我無法再往下繼續想。這痛苦悶在心中，在宿舍裡，我常常做有你跟她的夢，然後在盜汗中驚醒；我希望有人聽我說話，但媽媽更需要的是傾訴的對象。

那時候常常被幾位同學霸凌和排擠，我又是班上成績最好、老師最疼愛的女生，我被孤立著，睡前最常伴著自己的是偷偷的哭泣。後來，我甚至打電話給700俱樂部，但是，他們很制式的回應，讓我無法再繼續訴說；我也寫過信給他們，也得到類似的回應。

有個沒有回家的週末，我的鬧鐘壞掉了，精神不濟的胡思亂想：是不是這個世界會隨著鬧鐘停下來而靜止？我拆下電池，就在那時候，不知道是自己幻想或是鬧鐘真的動了，好像多移動了一秒，我嚇壞了，衝出宿舍，用石頭砸碎鬧鐘，埋進土裡。我呆坐在泥土上，看到我雙手的泥濘，室友跑出來看我：「妳還好嗎？」

現在回想起來，當時的自己應該是處於情緒崩潰的邊緣。當時爸爸你看著哭紅雙眼的我，一句話都說不出來。

「這個世界，因為有你，所以我覺得非常美好！非常幸福！我想要永遠珍惜、呵護著，可以嗎？」我用哀求的眼神看著你。

那陣子，我們家吵吵鬧鬧，你和媽媽不合，媽媽對我和哥哥是用打罵的管教，而哥哥跟我一言不合，巴掌、拳頭或是謾罵，習以為常。

可是我們之間，「在我愛你和你愛我的前提之下，還有什麼可以去破壞我們之間的美好？」我們是一直這樣子的。不管和哥哥媽媽有多少摩擦，只要你回到家，我就安心、有避風港，可以一直黏在你身邊跟你聊天、分享，我們也可以一起坐在書房裡，你讀你的書，我做我的作業。

發生這件事情，我決定學習把事情分開來看。其實在大部分時候，你是盡全力在呵護我們之間的關係。

＊＊＊＊＊＊

記得大學時期，你和教會的同胞一起來台北為山上的教堂建堂募款。我抓住機會，用自己的零用錢，準備一些台北的名產，讓你帶回山上。一趟到你們在做禮拜的教堂時，你們已經準備要搭上遊覽車，我趕快把禮物給你，跟你道別。

幾位熟稔的村民嘻嘻哈哈地湊上來：「哈！妳知道嗎？妳爸爸昨天說要帶我去士林夜市就……」你嘗試著要阻止他們，但是他們繼續脫口而出：「結果就迷路就？哇哈哈哈……」大家一起笑開懷。你沒有說什麼，我看著你微笑。接著，目送你們上車。

那天，回到部落之後。媽媽打電話來抱怨：「妳爸爸是去台北發瘋還是怎樣？

變了一個人！那麼大一個人，居然在遊覽車上跟村子裡的〇〇〇吵架。罵他：『如果換做是你的女兒呢？如果是換做你的女兒呢？真的是搞不懂他在氣什麼？還是昨晚他們在台北有喝酒？』」

你的好修養是出名的。很少跟人起爭執的，如果真的有，一定是很嚴重、很重要的事情。沒有為你跟媽媽解釋。但是我懂！我懂！

＊＊＊＊＊＊

也記得看護急Call我到病房，你坐在馬桶上用力到顫抖冒冷汗，卻排不出來。

「不要進來！這樣不好意思！」你無力地說話。

「爸，沒有關係。你這姿勢剛剛好！我幫你一下，我現在是你的醫生，不是女兒，你這樣想就好了。」我戴上手套，蹲在馬桶旁邊，幫你把糞便排出了。

即使在生病還有意識的時候，你依然努力呵護你在我心中的形象。

我周遭多數友人講起自己的爸爸，大都是嚴肅謹慎維持著一定距離的感覺，所以當朋友知道我這樣親近喜愛自己的爸爸，都會顯得十分驚訝，可爸爸啊！這也許是我們關係的幸運，共度家庭與生命的波折而親密如故。或許正是這緣故，你總是用心維持這自己在我們孩子心中的形象。但你就是我的爸爸啊！不用努力的，正如你很愛我，我也很愛你，這樣就已足夠。

原諒

那一晚，我帶著驚恐，恍如隔世地離開警察局。

明明是離醫院很近的路程，我卻不敢一個人在夜色中走回去。堅持就站在警局門口坐計程車，至少警察有看到我安全地上車。可我還是不敢相信剛剛發生的事情。

******

「先跟我說這個」一名男子拿著一張紙，擺在我看病人的桌子上，上面寫著「對不起」。周遭病患和家屬來來往往，這三個字顯得很突兀。

「我有對你做錯什麼嗎？為什麼要我道歉？」已經拿到當時的病歷，跟眼前這兩位眼神發出凶氣的年輕人對質。看情況他們沒有要善罷甘休的意思，只能硬著頭皮面對。

這名男性他當時是一一九送來急診，處於一個瞻妄的狀態，一旁的母親很焦急：「他剛被關出來。不知道為什麼變成這樣。」

他亂到無法溝通、歇斯底里，一直說自己身上有東西在爬、有碎玻璃、有刀子，可是他外觀其實是完好的，最後在母親同意下，給予鎮定劑。

「妳那時候把我綁起來是什麼意思？當時我的血到處亂噴，你們護士在搞什麼？妳到底有沒有醫德？」這名男性氣憤地說，可這部分我們真的沒有人有印象，因為根本就沒發生過這些事。

急診室如往常一樣地忙碌，他們卡著我要我給個交代，但我還有一堆病患要處理，中風、胸痛、腸胃炎等等。剛剛還在混亂當中縫完一個病患的傷口，邊縫邊告訴自己：「我一定可以面對的！我一定可以面對的！一定可以處理好的！」可是一直顫抖的、快要握不住持針器的手卻很誠實地告訴自己有多害怕。

在不斷重複對質、雞同鴨講、談判失敗等等溝通挫敗的情境中，又穿插病患、病患家屬他們的等待及我的處理其他病患之中，他們的態度已經表明，我的任何解釋都是白費的，和平、理性的溝通之於眼前的狀態是不可能達成共識的。

突然間他背對我，當著大家面前脫下褲子，外陰部、臀部有一些貼著人工皮的、看起來不太容易癒合的爛瘡。

「這些妳要怎麼負責？這段時間我看醫師的紀錄都整理好了，證據都有，妳要給什麼交代？」男子情緒激動，一切都已經失控了。

「先把褲子穿上吧！這跟你上次來急診有什麼關係？你到底要什麼？」我問。

「先包個紅包，其他的以後再說。LINE留下來，以後我好找妳。」男子要脅地說。

旁邊機靈的同事，直接按下警民連線的求救鈕。離下班還有一個多小時的時間，可是情況已經失控到讓我無法再繼續看病人了，混亂中拜託另外一個醫師幫忙照顧我的病人。

警察在五分鐘內就抵達急診，接著，我們被帶到警察局做筆錄。警局不比急診輕鬆，有一堆交通事故、偷竊搶劫報案等等都是同時在發生，還有發現無名屍的一對年輕情侶，這樣明顯是重大案件，也因此我們的案件被排在他們的後面。

即使在警局裡，我也不敢拿下口罩。接著，警察先做我的筆錄。我很努力地、用盡可能的理性，向警察描述剛才的狀況。結束之後，警察要我在一旁等待。在旁邊等待的過程中，他拿起筆在一張紙上寫滿了文字交給我。

我正在讀的時候，他說：「我們在這裡那麼久，其實警察他們也很忙，他們還要幫忙民眾，我們不應該浪費他們的時間。妳是醫生，妳應該好好看妳的病人。」

我口罩還是沒有拿下來，奮力地站起身，往他的方向踏出一步，兩眼直視著他：「我就是想好好看我的病人！」豆大的淚水就這樣一顆顆地滑落臉頰。

我的激動驚動了警察，他下意識地拿走我手上的紙條，捏成碎片丟進垃圾桶。

回到急診，已經過了我下班的時間，急診還是一樣混亂，幾位醫護衝到急救室搶救一個到院前死亡的病人，如果沒有發生這件事情，我也會衝到裡面幫忙，如果救不回來，我也可以幫忙安慰家屬；急診其他區塊也都是滿滿的病患和家屬，我本來是可以留在急診幫忙這些處理的，結果我只能呆佇在原地害怕。

在努力給自己做心理建設的同時，一個男同事示意我到診間說話。我真的需要安慰。我好害怕，怕到無法走出急診，也怕自己深愛的家人安全受到威脅。

「我好害怕。」我說。

「所以妳當下包個紅包不就好了嗎？就不會弄到現在這樣？老子不是說過……妳看妳現在，不是就一個人在這邊害怕？給錢就好了嘛！」同事說。

同事的反應著實讓我嚇了一跳，他繼續說著，但我已經聽不下去了。等到他講完，我就離開，實在無心力再跟他多說什麼了。另外一個同事讓我套上他的衣服，陪我走不一樣的路徑回家，讓我感到無比安心。

其實，心中有一部分是同情那位病患的。社會邊緣人，已經很辛苦了，如果靈魂又被一些物質所綑綁，狗急跳牆，想要找個最迅速救急的方式。但是，這種勒索的方法真的不可取！他所耽誤的不只是一個醫生，還有醫生要照顧的所有病患。

之後在我的堅持下，與對方照著急診暴力流程，我們進入司法程序。這不是原諒不原諒的問題，我也不認為自己有什麼資格去懲罰他。一切交給法律。一次的參與法庭記錄之後，由醫院的法律顧問幫忙完成後續，我並不想再看到他了。

最後，我們勝訴，法律也給予他制裁。

＊＊＊＊＊＊

關於原諒，爸爸你記得我們以前聊過嗎？

某次我與哥哥發生口角，爸爸你試著當和事佬。

「哥哥說妳不原諒他，他很難過。妳知道嗎？我的父親說過：『生氣不可以超過日落。』」你好氣地勸說。

「可是我是晚上才生氣的。」我賭氣地說。

你笑了。我也在憋不住之後，笑了出來。

「妳記得聖經裡面的故事嗎？有一天，一個行淫的女人被一群人用石頭丟，在那個年代的法律，是可以把她打死的。結果耶穌經過……」你還沒說完，我就接著說：「然後耶穌對他們說：『你們當中誰沒有犯過罪，誰就先拿石頭打她。』」我順口的回應，但是這不是我的點。

「妳知道這個故事，妳怎麼想呢？」爸爸問。

「如果故事後面，耶穌經過妓院，結果那個女生走出來，拉住耶穌說：『先生，進來坐嘛！』怎麼辦？」我說。

我這突發奇想，弄得爸爸你忍不住笑了出來。

「我其實沒有生哥哥的氣，我自己也有很多的缺點。只是他每次打我罵我之後，跟我說：『對不起，我以後不會再做了。』然後，他又做了，我只是傷心和失望，不是生他的氣，我還不知道要跟他說什麼。我知道，你是不是還想說：『如果有人打你的右臉，把左臉也轉給他。』這很難。」我一邊說，心中有點委屈。

「真的很難，不過聖經這句話常常被非基督徒拿來取笑基督徒。其實當時為什麼會這樣說？對誰說？情境如何？都是要考慮進去。」你說。

「所以，我其實很討厭別人跟我說對不起。如果對不起變成是下次可以再重複做一樣令人傷心的事情的門票，那這樣的對不起很沒有意義。」我火氣又升上來。

「那妳容易原諒嗎？」你反問我。

當時我想了很久，卻說不出來。這點，你比我更有包容、更願意去原諒。

＊＊＊＊＊＊

記得那時候在病房裡，門口傳來敲門聲，衝進三個活潑嬉鬧的孫子，簇擁著你叫胡大斯（爺爺）。接著，哥哥和嫂嫂走進來。其中一個孩子當時五歲，他天真地用食指挖著鼻孔，然後再把食指放到嘴裡舔。看到這情景，嫂嫂趕快糾正：「不！可！以！」哥哥左眼瘀青，雙眼布滿血絲站在門口。

「你怎麼了？」你問。

「還不是又喝酒，喝到怎麼撞的都不知道。」嫂嫂忍不住抱怨。

哥哥從小絕頂聰明，也遺傳了你和媽媽的好外貌。是因為太過被寵愛嗎？還是自己本身的原因？或是各種因素？總而言之，後來他變了，抽菸、喝酒、吸毒，在十八歲以前都做過了，打架也是家常便飯，還流連於各種年齡階層的女性，關係複雜。你常常因為他的關係，大老遠騎著家中唯一的交通工具——野狼一二五到學校去處理，哥哥中間不斷轉學和延畢，最後搞到連高中都快要畢不了業，以好脾氣及講理出名的你，居然可以為了兒子厚臉皮到學校為孩子爭取得到文憑的最後機會——即便需要到強詞奪理的程度。

高中畢業後，沒有考上任何一間大學，哥哥消失了，沒有駕照還跟人家去開砂石車及做水泥工。在一個炎熱的夏天午後他突然回來了，你和媽媽完全沒有責備，媽媽趕緊燒滿滿一桌好菜，哥哥脫去上衣像餓狗似地狼吞虎嚥，他的上半身除了臉和手臂之外，還布滿了大大小小的吻痕。

後來，哥哥就去當兵了。你和媽媽一到探望的前一晚就殺雞或是買牛肉，準備一堆好料，凌晨兩點多扛著一堆食物和悶燒鍋騎車去坐野雞車，趕在清晨五點就在軍營外等待。這樣的關愛的鼓勵下，起初不大適應軍旅生活的哥哥還當到班長，其實這也是你的苦心循循善誘，你知道哥哥多稜角又愛出風頭的個性很容易跟人起衝突，甚至有可能因為這樣出事，如果可以當到班長，出事的機會就小。

退伍之後，哥哥整天無所事事，經常酒醉回到家脫光衣服大吐大睡，甚至隨地小便。有天晚上甚至酒後騎機車摔倒在路邊水溝裡，還好機車引擎沒有熄，那天住在部落上面的阿浪比較晚從田裡回家，有注意到微弱的引擎聲，循線找到酒醉又血淋淋的哥哥，當時他整個人塞進窄小的水溝裡。被發現的哥哥馬上被阿浪送到醫院開刀，撿回了一條命。

後來爸爸你用一萬塊買了一台已經快要報廢的中古車，卻順理成章地變成哥哥的交通工具，他只會開，不會去加油或是填水。引擎常被用到過熱冒煙，被他留在路邊或是田邊，你再去找回維修。

有一天晚上，哥哥又開出去了，就在水里三十甲沒有路燈的馬路上，他撞倒了當地居民阿彬，當下他慌亂地打公用電話跟你和媽求救。你急急地趕到現場，只見滿身酒味又光著腳的哥哥焦慮慌張地將頭埋在兩手掌之間，之後你和媽媽陪著哥哥在外科手術室外面等待著。

看到兩位警察迎面而來，你趕緊起身起身走到他們前面：「對不起！我開太快了！又沒有路燈，真的沒有注意道路上有人，只聽到很大的撞擊聲。」接著爸爸你被帶到一旁做酒測和筆錄。眼前的一切讓哥哥傻了，但他卻沒有勇氣上前。

原本不太樂觀的阿彬竟然從鬼門關被救了回來。阿彬是住在三十甲的平地人，也是酒鬼一個。家人一個個過世，最後連老婆也跑了。沒有家人的關係，你這邊在法律賠償沒有受到太大刁難，但是你還是拿出積蓄給予阿彬合理的賠償，阿彬感動你們像家人一樣對待他，僅索取醫藥費用。後來只要經過三十甲，你一定會帶水果和食物探望阿彬，偶爾還會塞錢給他。你們最後變成朋友，阿彬也重溫失落已久的親情關愛。

哥哥和我偶爾也跟著爸媽你們去探望阿彬。這次事情之後哥哥變了，再也不喝酒，認真上教堂。在幾次深談之後，你和媽媽再度掏出積蓄讓他去重考大學，對於先前重考過高中的哥哥，台中一中後面的重考街，他一點都不陌生。只是這一次，他真的很努力。

聯考結果出來，他的成績可填到暨南大學，還有他是中央警官大學的第一備取生。你到處拜託，運用關係，找到幾名正取中央警官大學的原住民生，一一到府拜訪，其中有一位排灣族生，同時也上台大法律系。明明知道他應該會去台大，你還是賣地，包了五十萬的紅包說是彌補未來得不到的中央警官大學的福利以及北上讀書所需的學費及生活費。

終於，哥哥有學校讀了。雖然比其他同學都老很多歲，他非常珍惜這個機會，在校期間，不僅沒有出狀況，經常參加各種活動和競賽並得到優異的成績，最後還是第一名畢業。看著那時陳水扁總統到中央警官大學參加畢業典禮並和哥哥他們一起合照，爸爸你相當欣慰和驕傲。

嫂嫂和媽媽來自同一個部落。她的父母在她很小的時候因為父母過度飲酒而死亡，她和弟弟像浮萍一樣依附著親戚，跟哥哥穩定交往一段時間之後，住進了我們的家，你和媽媽待她如同自己的女兒，她也非常珍惜這一切。警大畢業後的哥哥很快就跟嫂嫂結婚了，也直接跳接彰化一間派出所所長的工作。只是那個連學校制服都要燙得直挺挺的、早起鍛鍊身體緊接著就讀書的、且滴酒不沾的哥哥不見了。很多事情都可以變成喝酒的好理由，他經常爛醉，甚至被下屬抬回家，連派出所的休息室也被酒醉之後的他尿得亂七八糟。孩子陸續出生、柴米油鹽、爛醉……他和嫂嫂開始經常爭吵，甚至揮拳相向。

看這樣下去也不是辦法，爸爸你努力想喚回在中央警官大學的哥哥，鼓勵他繼續讀書往大都市去，甚至進修讀研究所，但早已經失去動力的哥哥只想回山上。想想這樣就近關照也好，你和媽媽也可以經常看到孫子，沒想到這是個關鍵的決定，哥哥從此跟酒鬼沒有兩樣，只是穿著警察制服罷了。

是啊！山上從漢人開的雜貨店引進白露酒，到後來的紅標米酒、台灣啤酒、維士比、保力達B……哪個男人沒有啤酒肚？山上最多的治安問題就是路上東倒西歪、到處亂吐、隨地便溺的酒鬼，或是擺在家門前的脫鞋被路邊睡醒的找不到鞋子的酒鬼給穿回去。

山上的西藥房什麼藥賣得最好？解酒藥還有痛風藥！為了應付龐大的需求，早已分包好的痛風藥裝在好幾個大塑膠罐裡，就擺在藥房最顯眼的櫃子上，客人像買檳榔一樣五十、一百地買。光是賣痛風藥，西藥房的漢人老闆在台中已經買下兩棟房子了。

當時眼前的哥哥已經不是當年那如拉丁美洲模特兒般消瘦有稜角的俊美臉龐，原本鷹挺的鼻梁、深邃的大眼及翹厚的雙唇全部被埋沒在他渾圓的大臉裡，一開口，只看見巧克力色的牙齒像個老舊機器上下上下不斷地嚼著檳榔，是多久沒見了？頭頂髮線後移地如此迅速，當年他最愛穿泳褲在溪流裡展現的六塊腹肌自動融合成鮪魚肚……

哥哥這狀態持續到爸爸你住院都是這樣，眼看相處的時間不多，那時候，我心急了。當面、訊息……勸說哥哥數不清多少次了。

最後，甚至流著淚狠狠地指著他鼻子：「爸爸走了之後，我不會原諒你的！」在爸爸你最後的日子裡，有天，你躺在床上，平靜地說：「其實，對於哥哥和嫂嫂，我已經沒有什麼期待了。還好有妳，我很安慰，我們一起珍惜剩下的日子。這樣就很好了。」雖然你這樣說，但我知道你心底的失落與難受。

＊＊＊＊＊＊

其實，對我而言，我們之間也有「對不起」、「原不原諒」的關係。

當你確診膽囊癌之後，我滿心愧疚。當膽囊癌開始擴散，我更是陷入痛苦的深淵。我，一個急診室的醫生，有時候，病人是死的被送進來急診室，和團隊一起努力急救，一個禮拜後，病人可以走著出院，可是我卻不能救自己的父親，眼睜睜地看著一切開始往失控的方向前進。

說多少對不起都沒有用，因為我無法原諒的是我自己。而你，卻能用智慧、愛和勇氣，指引我跟你一起珍惜，因為你不是已經原諒我了，你從來都沒有怪我。

＊＊＊＊＊＊

二〇一五年五月，哥哥被急救後送進加護病房，急性壞死性胰臟炎合併多重器官衰竭。會走到這樣的狀況，有經驗的醫師都知道他肯定喝得一定超乎想像地多。

在他出事之前，我小時候第一個偷偷喜歡的男生，也才因為酒精而死亡。這令我特別擔心哥哥，於是從美國焦急地聯繫台灣的醫師朋友們，可哥哥的多項指數，都比到院前死亡的病患的檢驗結果還要差。我有心理準備要回台灣準備後事。很奇蹟地，他居然活過來了，不過很多器官有受到一定程度且不可逆的傷害。現在，他已經戒酒了，還是準碩士，在暨南大學進修中。

爸爸你還在的時候的夢想、當時一直苦口婆心鼓勵他繼續成長進修的夢想，正在實現中。爸爸，你一直都在守護著我們，對吧！

當醫生之後，又理解了另一個層次。臨床上，最難說對不起，其實就是我們這一群傲視群雄的醫師。但是，幾次必要性的、理性的溝通道歉經驗之後，結果反而出乎意料的美好。

******

急診，是個練修養的好地方，我以你為榜樣，努力做到正直、問心無愧；還是希望自己是親民樸實的，上電視、當公眾人物，並不代表我就是名醫，也不希望去承擔如此沉重的包袱；而當公眾人物，更不是以增加急診病人量為目的，脫下名人光環，我還是普通的、有熱忱急診室醫師。

因此，我總是記得與爸爸你相處的記憶，遇到該說對不起的時候，定要勇敢承認與面對的。如果還有機會跟你撒嬌，我會跟你分享我勇敢的每個故事。

颱風天的CPR教學

白鹿颱風到底桃園復興區要不要放假，終於在昨晚公布。可我這一晚就睡得忐忑了，怕自己起不來。

五點，踮著腳尖，輕輕地走出房門，小比勇昏沉沉地站在門口：「媽媽。」他通常在不舒服的時候才會這樣，我抱住他：「這麼早就起床。」小比勇緊緊回抱我，近距離就可以感覺他整個人熱熱的。順手拿起醫藥櫃的體溫計給小比勇量體溫，三十九點四度。

「你先去尿尿，等下讓你睡媽媽的位置。」我說。

過程中還是不小心驚醒睡夢中的先生。拿冰水給小比勇配退燒藥吃，順便告訴先生我們的寶貝發燒了。給藥前再量一次體溫，四十點一度。我的天啊！可是這時候千萬不要有「是不是老天要我不要去山上教急救」的想法出現。

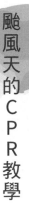

「冰水喝下去很舒服，喉嚨不會乾乾痛痛的。這個藥會讓你好起來，睡飽飽會好更快喔！」我說。

小比勇開始啜泣：「我是不是要死掉了啊？」接著把頭埋進棉被裡痛哭。

「喔！寶貝！當然不會啊？你只是感冒發燒了，你要好好休息，很快就會好起來了。」我安撫地說。

看著身邊如此八點檔的一幕，睡眼惺忪的先生露出「我的老天爺啊！」的無奈表情。啊！我小時候是不是也差不多這個樣子啊？爸爸當時你辛苦了，因為你一向最包容我了。

說心中沒有牽掛和負擔是不可能的，兩天一夜的行程，明知明天就看得到小比勇了，可心情上一時之間覺得漫長起來。洗了一個「戰鬥澡」，整理行李，快速調整一下心情，不吵醒兩位男士，我輕聲地離家出發了。

清晨灰暗的台北街頭，還真的嗅不出颱風的味道。隊友——「中保關懷社會福利部門」的夥伴已經在附近的超商等我了。他貼心地準備了咖啡，沒多吃其他的，我們就趕緊出發。

車子穿過清冷的週末台北街道、高速公路之後，車身開始持續傾斜的狀態，往山路爬。窗外房舍越來越少、道路從雙線道變成單線。其實是可以瞇一下的，但是睡不太著，因為等一下對我而言是「工作」，希望每一段分享都可以表達得清楚，讓民眾可以真的懂，於是我不斷地在心中複習和提醒，並思考有沒有什麼可以增加記憶的方式。

＊＊＊＊＊＊

回台灣之後，沒多久就開始上電視。我常想，如果爸爸你在，你一定會常常陪我錄影，還會跟我討論表現、語調、反應、用詞等等。或是還可以從這個部分擴大延伸去做其他有意義的事情；你可能很會用臉書了，上面會放很多我錄影的照片，還有你自己跟胡瓜的合照。

到現在，我跟主持人胡瓜的單獨合照，可能一隻手都數得出來。是的，我也把錄影當工作，期望表現專業，衛教、傳遞正確醫療訊息，也希望對改善醫病關係會有幫助。

二〇一七年的錄影當中，有個印地安朋友來看我。對！美國印第安人。他透過美國友人聯繫上我，臨時問可不可以探視錄影時間的我。他們一早先去隔壁原住民電視台再過來的。看到他，腦海浮現美國大峽谷、黃石公園等等的壯麗景色。後來，我為了你去了一趟你夢中的黃石公園，真的很美！而且很多動物！多到你一定會興奮！

在老忠實噴泉的時候，我發現身邊有一大坨非常新鮮的、濕濕的、鬆軟的動物糞便，我想到你教我的：「牠應該還在附近。」

果不其然，一隻非常高大的犛牛就在離我不到十公尺的樹下休息。當時看到這麼多犛牛、野生動物……每一隻都比台灣的山豬、水鹿的體積要大很多！心想：這裡的原住民在古代很幸福！有很多很多肉可以吃！犛牛應該可以讓一家人吃一個禮拜，有這樣的肉，他們應該不需要像我們一樣吃田鼠。

每次出國，沒有一個外國人猜得出來我是台灣人！連在國外的台灣人第一個跟我溝通的語言也不是中文！

如果沒有葡萄牙人、荷蘭人發現，如果沒有唐山過台灣，原住民就繼續最原始的生活。如果沒有文明，四十歲的我現在應該是奶奶了！應該工作還算勤奮，可能很會織布。當然就不會像現在這樣說中文、上電視。也許，唯一被世界知道的機會是出現 Discovery 頻道。

文明的確是潮流，但是並非所有文化都需要被文明洗禮。當初，原住民是無條件地接受文明，進展迅速，也被迫遺忘了很多很多……我一直感動你在的時候，是多麼努力想保留很多很多布農的文化和語言。

印地安朋友一開口，我被震撼住了。他的英文並不流利，有很重的腔調。雖然很遺憾，有很多的印地安族群是完全消失在這個世界上了。但是，他的口條、他的長髮和辮子、他的外貌等等，都能發現他好努力在保有自己——印地安！

「妳好棒！原住民的身分！還是醫師！可以在全國性的節目，跟主流文化平起平坐！在美國的原住民也很難上全國性電台！妳的例子可以鼓勵到很多很多的原住民孩子！」他溫柔地、慢慢地跟我講。

「不知道你能不能感受到此刻我的內心是澎湃的。其實一開始上節目，我也不知道繼續走下去會怎麼樣。但是，從我開始收到原住民孩子或是原住民父母給我的來信，我變得非常有動力，不只在分享醫療、分享愛！上電視也可以鼓勵到很多原住民，尤其是原住民的孩子！」我激動地看著他！

而那之後，受到瓜哥讓我在節目上推廣AED和CPR的感動，中保關懷社會福利部門的朋友主動來找我，我們開始了原住民部落推廣的工作。當然，「無欲則剛」，把公務員當成「神聖的使命」的爸爸教出的女兒，一定會遵守的原則。

第一次去的地方，就是我們信義鄉。我從台北用爸爸你的那張捷運卡出發。充滿動力，想到你以前也是這樣：不管是山上教堂無償的工作，或是鄉公所的工作，你總是盡心盡力。

只要有什麼福利，你一定馬上讓所有人知道並大力宣導，你最常利用星期天教會禮拜結束之前的時間，有時後甚至會騎著野狼一二五挨家挨戶拜訪和輔助，讓很多不識字的同胞得到應得的社會福利，像是災難補助、農業補助、老人家的假牙、助聽器等等。你好到讓大家以為這麼做是不是可以分得什麼利潤，事實上不僅沒有，有時候還要多花自己的錢、時間，像自己帶獨居老人去大醫院作檢查和證明，你還會請他們吃路邊小吃。

不過，你有時候會作弊。還記得嗎？那個考駕照啊！

小時候，在新中橫還未開通之前，每個星期天主日學下課之後，我們一群孩子從部落上面的教堂飛奔回家之前，涼爽的秋天季節，最喜歡一起躺在大馬路中間，看誰用嘴巴接到的落葉最多。大馬路雖然是山上唯一的柏油路，但來往的車輛真的很少，偶而會有一台野狼停在我們旁邊，可能是誰誰的爸爸：「不要躺在這邊！危險！」果真，「吧達吧達……」旁邊來了一台小朋友隨便跑都會超過的紅色部落敞篷車——鐵牛車。只是，車子還沒到，我們早已鳥獸散。

鐵牛和野狼，是山上重要的代步工具。別小看鐵牛，其中比較高級的柴油發動「佳農牌」，速度算快的，寒冷的冬天，如果要出去外面城市買生活用品，爸爸在前座穿著大衣、戴著縫上飛鼠毛的北方帽開車，後面載著一家子，大家一起蓋著棉被，超暖和的全家血拼行頭。

而野狼，更是可以快速往返的交通工具，前面的油箱可是小朋友的寶座，龍頭下方兩側突起像龍耳的金屬柱子剛好可以放小朋友的腳。

後來，政府要求全民一定要有駕照才可以騎車。但是大家幾乎都沒有駕照。野狼和鐵牛很重要，沒有它們，大家無法順暢地工作維生，如果因為無照駕駛被開罰單，對大家來說更是很大的負擔。於是你決定幫助大家，和監理站聯繫之後，在教堂宣布考試時間，大家在既定時間準時到牧會館旁邊的活動中心廣場考試，因為都不識字，所以統一考卷，由你在前面一題一題地用布農語翻譯朗誦。

那時我剛好回家，知道你在活動中心忙，想先去找你，聽到你的翻譯考題之後，氣差點從鼻子噴出來，以為自己聽錯了，決定繼續在旁邊聆聽。你翻譯完題目之後，也順便用布農語告知大家正確答案。最後繼續認真地翻譯，淡定地眼神看著站在站在你遙遠正前方的我，彷彿示意要鎮定。我當時真是嚇一跳，最後你還可以正經地用布農語要他們選三到五題錯的答案！

＊＊＊＊＊＊

車子剛好經過一些公墓，令我想起你過世的時候，好多好多好多人來看你，送葬那天，很多人都爭相要扛著你的棺木、陪你走最後那一段路——從家裡到山坡上的墓園。

當我撿起泥土撒向你的棺木的時候，轉身回頭、環顧四周，才發現墓園裡擠滿了人，滿到看不見盡頭，大部分的人我都叫不出名字，他們用眼神向我示意，我想，很多很多應該都是你幫助過的人。

我這個一步一腳印的原鄉CPR＋AED推廣，如果沒有中保的合作，其實還挺孤單的。不過我有口號喔！「人人都會CPR處處都有AED」，還有「我會CPR＋AED我願意救人」還可以吧？

終於，一年半之後，十三台AED分別建置在信義鄉的十三個教堂。一度以為石沉大海的，終於，有小小的漣漪。所以，我繼續爸爸你的精神，這次來到桃園復興區。天空中出現美麗的彩虹，應該是歡迎著我們吧！我興奮地拍下好幾張，分享在團隊群組。彩虹慢慢離開視野，風雨也悄悄醞釀著。我的天啊！這樣的風雨，居然沒有停班停課！

路上開始出現被吹落的樹枝，接著，樹幹、落石……我開始擔心了。要推廣沒錯，但是如果我們沒有守護好自己的安全，那麼就失去意義了。

眼前的情景也開始越來越熟悉，這是山上特有的颱風天景象。這讓我想到爸爸你生前的最後一個颱風天——八八風災。前一天，雖然處於白夜班交錯的疲憊，還是衝回去看爸爸你，深怕是最後一個父親節。

回去的時候，還有高鐵可以搭到台中，窗外一片汪洋泥海景象，再搭山區小巴士。回程，你和媽媽送我去小巴士。路上幾乎沒車，你就把車停在小巴士站前面的馬路中間，我忍不住大笑出來。

原本是要你早點回家休息，可你和媽堅持留下來陪我等巴士，你其實更希望開車載我去台中。就這樣，不斷被雨水打進來的空蕩蕩又濕答答的深山巴士車站裡，傳來我們三個的對話和笑聲。

回台中的小巴士好冷清，只有司機、我和一對準備上都市打拼的年輕兄弟。老舊昏暗的車子裡，有像窗外空氣一樣的濕冷。車子每晃動一下，就有幾滴水滴由車頂滴到我的頭上。和往常不一樣，車子改走原始的山路——集集綠色隧道，而不是河堤旁邊的快速道路，新聞說前一晚快速道路已經被氾濫的河水被沖斷，堤邊的好幾輛車子像下水餃般墜入滾滾河水中，生死未卜……

這段原始的山路，裝載著我許多童年回憶。

那是媽媽去城市逛街的路線。很容易暈車的我一開始真的好不喜歡這條路。往城市的方向開的時候，看著這段路，頭昏腦脹地想：「可以趕快下車嗎？我就快要吐了！」心裡拜託公車中間停站的時候不要太久，不可以讓我聞到車站賣的茶葉蛋、金蘋果飲料、青箭口香糖……的味道。不可以吐，不然媽媽下次就不帶我了……在回家的路上，看著這段路，臉色蒼白，伴隨著嘴巴裡剛吐過的臭酸味，一邊心想：「就快要回到家了！媽媽說開著窗戶吹風，嘴巴打開，專心看外面的東西就不會吐了，好痛苦啊！」

那也是媽媽和妳吵架離家出走的路線。她總是習慣躲到嫁到台中的阿姨家，然後你再帶我和哥哥去把她接回來，有時候，她會買非常昂貴的小洋裝給我，生你氣的時候，她真的很慷慨喔！

後來，那是我出外求學的道路。週末的時候，在往回家的路上，努力壓抑住心中的雀躍，迫不及待想見到你和媽媽。收假的時候，往城市的路上，我開始想念你和媽媽。

黑暗沒有路燈的綠色隧道，遠處似乎有東西橫擋在路中間，但是司機似乎沒有要減速的意思，就快要撞到了，我本能地大聲尖叫。突然間，司機緊急剎車，車子打滑。車頭就在距離樹幹約二十公分的地方停下來。那一對要到城市打拼的兄弟和司機三個人下車，合力在雨中將樹幹移到安全的路邊。

復興區的山路越來越難駕駛了，中間甚至有一段沿著山壁只能讓一個方向一台車經過，道路上的柏油已經被沖掉了，另一邊是坍塌的山谷。在都市裡很少有這樣的情景，但是在山上，每回颱風過後的清晨，馬路上到處都是被吹落樹幹與樹葉，甚至連山裡的水果也會被吹下來。

記得有一年，小小的我，走在颱風過後的路上，看到一串串被吹爛的蓮霧，邊走邊看有什麼新奇的事物，原本想撿起一串比較完整又漂亮的小蓮霧，卻發現上面纏的一條非常小的雨傘節寶寶，我小心地好奇地玩弄牠一會兒，然後把牠藏到比較隱密的地方，再衝回家告訴你。

當時資訊不發達，外面根本不知道山上發生什麼事情，颱風過後交通道路中斷其實司空見慣，你和其他的爸爸們會想辦法讓孩子可以到外面城市去上課。最常見的做法就是，我們先坐巴士到中斷處，然後揹著書包、脫下鞋子涉水（有時候是混濁的泥水）到另一端搭接駁車。

車子開到復興區衛生所，和其他車會合，由復興區的護理師帶路，我們準備到第一站巴陵部落。強大的風雨，除了便利商店，所有店都關了。雖然這邊產水蜜桃，但風雨中無法感受出哪一條道路，可能是他們比較繁華的觀光路線。

只要是颱風天，山上都會停水停電，多數人家裡都用接有用原始方法過濾的山水。每戶人家幾乎都有準備雜貨店唯二的蠟燭：一種是白白粗粗很大條的，另一種是比較細和短一點的紅蠟燭，都是漢人用來祭祀用的蠟燭，白色的比較划算。

很久很久以後，才知道世界上原來還有美麗的蠟燭和芳香的蠟燭。但是，對於小時候的我，白蠟燭和紅蠟燭就是全世界的蠟燭，是開心的蠟燭。因為，每次點完蠟燭，你會開始講故事，我和哥哥的小小心靈被你引領到燭光所圍成的神祕世界。故事說完，你和媽媽還會帶我們玩遊戲和比賽做各種動物的影子。

颱風夜，你會弄平常不常吃的泡麵給我們吃。你一邊準備，那句口頭禪就會從你口中冒出「這個真是太棒了！」好期待好期待的我，總是會偷掀泡麵看好了沒，每次被你這麼一說，食物像是被下了魔法一樣，變得超級美味。那就是你的魔力，和你一起吃東西，什麼都好吃；當我一個人獨自品嚐同樣一個東西，卻找不到那個獨特迷人的味道。

終於到了巴陵部落位在消防隊旁邊的活動中心。TVBS記者也到了，而且告訴我們路上被落石砸中的不幸消息，所幸沒有人員受傷。製作公司《健康多1點》團隊也在後面追上了。

「上巴陵下來的路被石頭和樹幹擋住了」一位冒著風雨的村民下來回報。在請護理師跟村民說可以不要來、在家中看直播的就好後，我們在斷斷續續停電的狀態中開始了。

《健康多1點》拍完之後，就先下山。我們繼續在當天唯一有開的「羅馬小吃」匆匆吃完午餐之後，我們來到第二部落的義盛教會。人數變多了，大家學得很開心、踴躍。中間雖然傳來大爆炸聲（部落發電機也斷電了），但是大家的熱情，讓我們團隊充滿動力。

晚上，就住在青年活動中心。一看到救國團、木頭通鋪，我又想到你了。晚餐後，我們還買了一些飲料、宵夜，隨心所欲的聊天。隔天早上，風雨停了，才發覺復興鄉有多美，原來，那條看起來了無人煙、報廢的巷子，是觀光客最愛的老街。山產、水蜜桃也都擺出來了。

結束蜻蜓部落的教學之後，接近中午了，教堂的朋友們還準備了愛心餐。團隊其實已經準備要下山，我還是留了一下下，好好地享受豐富的原住民風味餐，我看到你最愛的野菜湯。帶著豐富喜悅的心、和疲憊的身體，我們準備下山了。

沒有要「工作」了，我也睡著了。睡夢中，我看到年輕的你，穿梭在部落裡面幫助人，對大家而言，你在鄉公所工作是相當了不起的，但是你從來沒有高高在上的樣子。記得你告訴我：「當你一直認為自己很高等，自己跟別人不一樣的時候，你其實跟你想要不一樣的人是一樣的。」

我又想到那位先生的話：「我們有比台北的人少交健保費嗎？」真心希望復興區部落的ＡＥＤ很快可以下來，更希望台灣六百多個還沒有ＡＥＤ的部落也很快就會有。

畫面又回到和復興區民眾的互動。想念也祝福那些熱情、單純的人們。我們會繼續努力，像拼圖一樣地走遍台灣原鄉部落，推廣AED＋CPR。我會用爸爸你的精神持續努力！

到家了，趕緊去抱抱發燒的小比勇。哈！他正在公園裡活蹦亂跳呢！一看到我，給我好多的吻。我們一起玩，還用被風吹落的樹枝蓋房子。復興區讓我想起在深山的童年，拿起葉子做了一隻蚱蜢，小比勇好喜歡。

「媽媽你這個週末在山裡工作賺錢嗎？」小比勇問。

「是工作！沒有賺錢耶！但是覺得很富有！」我說。

「沒有賺錢還是可以很快樂嗎？」小比勇問。

「當然！有時候還超過很多！有一天你會懂！」我說。

腦海中出現多年多年以前爸爸你和我的對話。

「這世界充滿許許多多的好人。」你說。

「如果沒有遇到呢？」我問。

「那妳自己當啊！」你說。

「這世界還有許許多多喜歡妳的人。」你說。

「真的嗎？如果等不到人家喜歡我呢？」我問。

「那妳先喜歡別人啊！」你說。

幾個月後，發生了一位明星在錄影當中猝死的不幸事件，台灣多家媒體正是用《健康多1點》在巴陵部落拍的影片來推廣急救的重要性。短短的兩天，影片的點閱率破四百萬，我真切地希望越多人了解急救的方式，未來類似的不幸得以被扭轉與減少。

Chapter 2

復刻的幸福

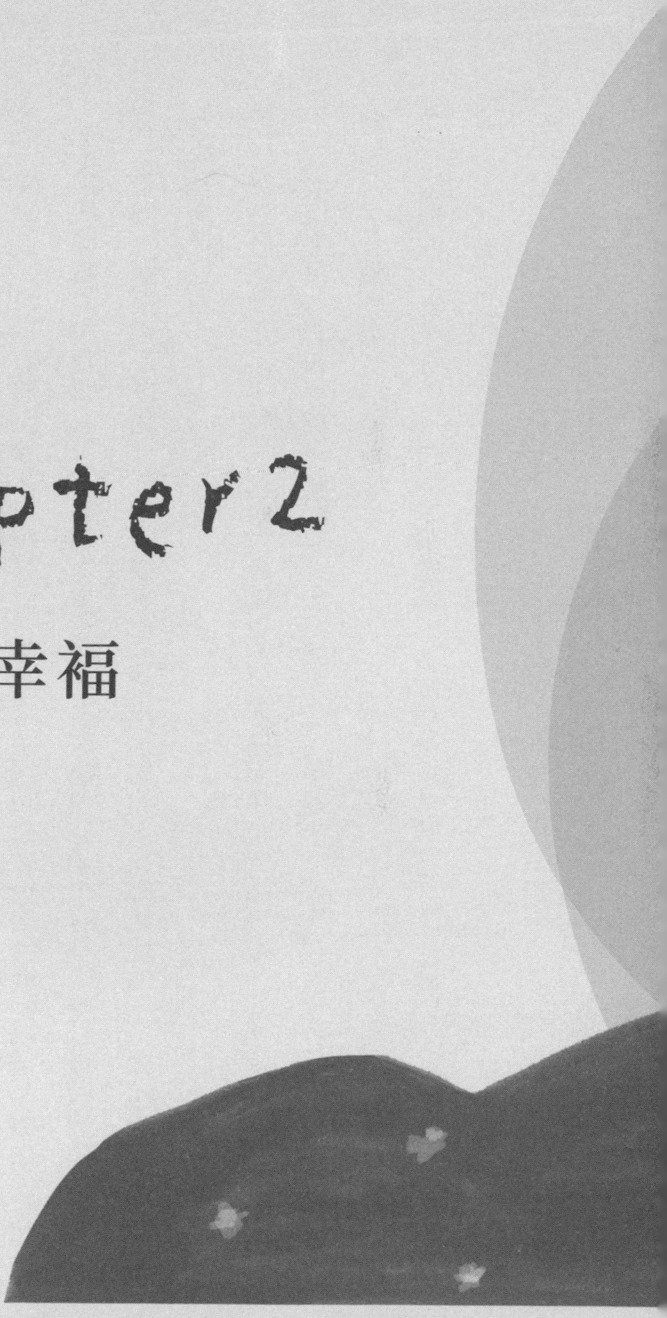

我們的海角七號

一位八十幾歲的老伯伯被家人帶來急診，因為食慾不好、肚子稍微悶痛、好幾天沒排便了。初步的抽血及其他相關檢查都正常。再回去看伯伯，他鎖著眉躺在床上，雖然檢驗出沒有貧血，他看起來很蒼白。再去摸他肚子，有點失智且重聽的他表示整個上腹還是不舒服。過程中發現他的褲襠是鬆的、衣服是垮的，這陣子應該是掉不少體重的。

雖然肝指數正常，但床邊超音波卻看到肝臟基質不均勻，無關科學的直覺決定不管健保申覆的問題，排電腦斷層吧！結果影像一傳過來，我自己也愣住了。是胰臟癌合併肝臟多處轉移。

請他的女兒來身邊，用影像跟她解釋。解釋著、解釋著……原本站立的她突然無力、跌坐到我的腳邊，呼吸急促。

「這樣大概還有多久……」透過她的眼鏡，看到她泛紅濕潤的雙眼。

其實冰冷醫療口罩後面的我的鼻子也一陣酸。用多年的專業訓練，把該解釋的、能解釋的都說完。拍拍她的肩膀：「他的抽血報告，的確可以騙過很多醫生。不是我很會診斷，也許是老天透過我提醒妳，在這世上跟父親相處的日子不多了，用妳覺得最適合的方式珍惜每一天。」說完，鎮定地、穿梭急診室的凌亂走到醫師辦公室的角落，我需要兩分鐘。

其實，我很可以抱著她一起痛哭的，因為，我懂。

從休息室走出來，他的女兒像是被打了一針「勇敢針」一樣，擦乾眼淚，攔住我，給我一個勇敢的笑容：「我知道該怎麼做了！那麼，我們可以先回家拿東西再過來嗎？」

「抱歉！急診的規定是不能請假的！如果離開急診，下次再回來，會換另一個醫師、重新開始。先辦住院吧！住到病房就可以請假了，好嗎？趕快幫他辦住院手續吧！有床、上去就可以請假。」我說。

「嗯！」她點點頭。

住院之後，真的可以請假的。

你還記得我們的海角七號嗎？在你開刀的前兩天，我終於可以有機會放假一天。一早先和你還有常主任一起在病房讀聖經，然後就去美麗華買票和選位置。原本想回病房好好陪你的，準備回醫院的時候，接到一個美國朋友的電話。他的一位在台經商的朋友出了一場車禍，住在某家醫院的加護病房，生死未卜。雖然心繫著你，但相信你如果知道一定會要我盡力幫忙，所以我停下來幫他們連繫。

很遺憾！得到不太好的結果，最後，他的家人決定馬上搭機來台處理器官捐贈的事情。在中午的治療作完之後，到護理站幫爸爸你請假，為你穿上特別挑選的新衣和新鞋，在護理站簽完文件，並讓護士把點滴針頭關好、貼好，我帶著你在電影開演前五分鐘輕輕鬆鬆抵達。

《海角七號》，在病房聊天時候，你提到好多次呢！因為除了有很多原住民演員之外，片中的「馬拉桑」雖然是用阿美族語酒醉之意，整個貨真價實由我們信義鄉農會出品，身為鄉公所職員，又跟農會很熟，真是與有榮焉啊。

「那個時候，導演還到農會跟主任他們談，最後包裝和名字換，裡面還是用我們原來的小米酒，原來的名字是——『山豬迷路』、『小米跳舞』、『長老說話』。其實原來的名字很有意思啊！酒太好喝太濃郁了，喝到連山豬都會迷路、小米都會跳舞、多半沉睡年紀大的長老都侃侃而談……多麼貼切啊！哈哈哈……」住院之後，這段話你不知道對不同人重複說了多少遍。

不過信義鄉沒有電影院，鄰近的城市也沒有，所以雖然已經破億很久了，部落裡沒有多少人看過這電影。

電影院裡，我顯得好年輕，裡面幾乎都是中年以上的人，還有早上一起在公園運動的朋友們驚喜在同一場電影中碰面。

「貴桑桑！下次不要來了！」後面的老太太對著她中年的女兒抱怨。

「帶父母來看電影的都半價啦！」她女兒急中生智回答。

我剛好轉頭過去，被老太太質疑的眼神鎖住。利用眨眼的瞬間，演員細胞上身，緊緊地鉤住你的手臂微笑點點頭。

因為你有飲食限制的關係，我們沒有點任何食物。

電影在阿嘉砸壞一台吉他和操一口髒話之後開始。我想回憶，卻發現我們不知道有多久沒有看電影了，上一次應該是《第一滴血續集》。那是小學的時候，沒有車子的我們很難得的全家出遊，那也是我們全家唯一一次起到電影院。白天瘋狂地在海邊玩水的我，只有看到開場和結束，放映期間我都用被曬傷的背靠在電影座裡呼呼大睡，只偶爾會因背痛而驚醒……

再更久更久以前，肯定是山上的蚊子電影院，鄉公所也只有一百零二部電影——《英烈千秋》和《八百壯士》。坐在旁邊的大嬸認真地吃起肉粽，忘我地用手肘頂到了我的肩膀。

「這個友子就是那個友子嗎？」你問了第一個問題。

「不是的！那個日本老師思念的友子是……」我靠著你的耳朵輕聲地解釋著。

其實，你以前也當過老師，是小學代課老師。放學後，你會主動帶孩子們回家，煮晚餐給他們吃，幫他們複習功課，教他們寫作業——在那個教育不普遍也不受重視的年代。

後來，你也在教會裡服事，從主日學老師到主日學校長，總是盡力地讓孩子們在快樂中學習及分享。每次到了教會的夏令營或是冬令會的時候，你會去山上砍竹子，媽媽在家裡準備糯米、碎肉、香菇、蝦米……我們全家一起準備一百多個竹筒飯，讓孩子們在山林溪流裡玩得快樂又吃得飽。

放映期間，你不斷地因為有趣的劇情而哈哈大笑。雖然陪著你笑，已經看過一遍的我，偶爾會被電影院的阿姨、爺爺、奶奶們忘了轉靜音的手機拉回現實，很容易就可以找出那支在吵的手機，看著那個身影伸長手臂、吃力地用老花眼尋找著手機上小小的按鍵，然後我的雙眼就會不自覺地低頭往你手上的病患名條還有固定好的針頭看去……靜靜的憂傷從我的眉頭滑下，隨著我的視線，沉沉地落到心坎裡。

當友子被阿嘉抱到房裡時，你恍然大悟：「啊……那她就是女主角囉！」就在不斷回應你的問題及整理自己的哀傷思緒之下，電影將要散場。

第一次看到《海角七號》的最後，就是友子提著行李望著即將啟動大船那幕，我呆坐在椅子上不能自已地流淚，同行的好友Zoe起身準備跟著散場的人群離開，笑著看著我。

我又哭又笑：「不行了！好難過喔！我了解他的哀傷和掙扎……再等我一下。」

而這次，我的淚水更是嘩啦嘩啦地爆流出來，我倚在你的肩上，因為只有在這個時候，才能夠讓所有不能在你面前落下的淚水，毫無顧忌地流。多麼希望能夠像小時候一樣，想在你面前哭就哭、笑就笑。你是多麼疼愛我啊！我是全世界最幸福的女兒，因為是你的女兒。只是，第一次，我想要為你勇敢，我害怕，也是最後一次了。

來吧！我閉上眼喔！假裝椅背就是你的肩膀，讓我靠一下吧！我這是在撒嬌喔。

嗯！我們真的很少一起到電影院看電影耶。不過，小時候在山上受你的影響，我們會一起看電視上播出的電影、電視劇，後來也跟大家一起流行起來，租影片來看。每次那台載著滿滿錄影帶的箱型車一到部落，大家就蜂擁而上，你總會幫外公選幾個日本片還有摔角，然後再為我和哥哥選幾個合適的、可以一起看的電影，後來，你讓我自己選想要看的電影。

就這樣，我愛上電影！愛上感受！也愛上電影配樂！

你生病那段時間，沒有太多的心思看電影。你倒是看了好多好多大陸的歷史劇——從秦始皇帝、漢朝……一直看到清朝、民初，因為你，我快要變歷史劇收藏家了。最享受的是聽你在看完歷史劇之後的分享。

我自己呢？那段時間除了你，我的心思放不到別的地方。好像只注意到在HBO重播的一部電影《*Meet Joe Black*》。

那時你短暫回山上休養，知道你的狀況已經要開始失控的我，無助地心頭彷彿整個被掏空、快要無法呼吸，每天都很難入睡；我都睡沙發，因為房間你睡過我的床，一個人在家聞到你的味道，鼻頭會很酸。

那天下班後，在街頭漫無目的地走，經過一家酒窖，順手就帶了一瓶紅酒回家。坐在地板上，背靠著沙發，打開電視，一邊喝酒，淚水不斷地流，流得心頭越來越酸，感覺快要窒息……然後就開始大哭、哭到不能自己。

小時候，會對大人喝完酒開始像個瘋子般沒由地哭泣而感到滑稽，那晚是這輩子第一次有這樣的行徑，我跪在地毯上，臉埋在沙發上大哭……如果病人看到我這樣，急診室應該從此變得很安靜吧！

突然間，我走在一群人後面，大家似乎在跟隨著某個人。在我身後的人快步上來告訴我：「那個人是天使。」大家都想要親近那個人，我也不自主地加快腳步衝上前去。

在人群的最前頭，是一個長髮男子。

突然間，他轉過頭來看著我，那一瞬間，一切都緩慢下來，當我們四目交接的時刻，那眼神似乎在告訴我他知道、他知道。然後他的嘴角慢慢上揚、很溫和的笑容。就在那瞬間，我感到通體舒暢和無比的安慰。

「蹦！」，從沙發上摔落漆黑的凌晨地板上，我卻精神飽滿，電視剛好播著《*Meet Joe Black*》。你生病之後電視上陸續播出幾次，因為布萊德彼特的緣故，當初主打帥氣死神和凡人之間的愛情……所以，並沒有很吸引人。但是在看過幾個片段之後，我有了很多不同的感受。

印象最深的的是片中父親和同樣是醫生女兒的愛和互動——內斂、尊重、溫柔、保護、驕傲……和疼惜。有時溝通是不需要言語、是超乎言語。這樣的默契，你讓我幸福擁有。

片中的死神，因為對人世間的好奇，尤其是對片中父親的人生歷練及對人生的態度，所以決定在取走他生命之前去接近他、了解他，像一個任性的小男孩為所欲為，無人可抵擋。所以，死神輕易地進入這個家庭。所有親友，在不知情的狀況下，都已和死神接觸過。最後，在他決定要帶父親走的時候，深愛父親的女兒才恍然大悟：原來死神早已經進入這個家庭，原來自己曾和死神共舞。

知道已經沒有什麼治療可做了，你帶著平靜的微笑告訴我：「這輩子，我沒有什麼遺憾。」

我愣了許久，看著你，握起你的手，還給你微笑……我沒有辦法跟你說一樣的話，因為當時我有多麼多麼不捨得失去你，和你僅剩的時間像流沙般的從指尖不斷滑落，我害怕。

後來你還請假幾次，去電影院看你想要看的電影，像《梅蘭芳》。你說劇中只有男女主角間的對話讓人回味，影片卻無法表達梅蘭芳到底有多好。

「我一直很好奇梅蘭芳到底是個什麼樣的人物，以前在金門當兵，每天到了某個時候，那些老兵們就聚集在一起聽廣播電台放梅蘭芳。我不懂京劇、不曉得他哪裡好，所以就問啦！」你說。

「一位粗曠老鄉就說：『這梅蘭芳有多好！你不曉得啊？男人聽了都硬了！女人下邊都濕了！』」

這番話雖然不雅，但很傳神！可惜電影表現不出來，男主角和那個替身明顯地區分，沒有一段可以讓一個門外漢感到電影所要歌頌的梅蘭芳有多好。真的比不上那老鄉的一句話。」

所以，我又拿了同一個導演導的《霸王別姬》給你看，你看了比較喜歡。生病期間，你也追劇的。我們看的是韓劇《大老婆的反擊》。你愛看的理由很簡單，那個傻大姊福秀，直爽、真摯、孝順、脾氣都跟媽媽很像。《大老婆的反擊》完結篇那天，大家都到病房陪你看，我必須要上班，但是我跟哥哥點了一堆韓式料理，包括福秀常在劇裡吃的韓式炸醬麵。晚上下班回到病房，我靠近病床上的你：「結局好看嗎？」

你呆呆地看著遠方。

「那我們接下來要看什麼呢？」我開始感到不安，手不聽使喚地一直轉台、一直轉台。「這個怎麼樣？還是這個這齣也不錯！他們的對話很有意思，對吧？或者這個？」我慌了。

你給我一個安詳的微笑，慢慢地放空睡著了。

可是我不要！我不要大老婆的反擊變成結局！大老婆的反擊應該多演下去的！

一千集、二千集……一萬集！我求求你了！強忍失控的情緒，我衝出病房，找個沒有人的窗台偷哭。

隔兩天，你開始吐了。吃什麼吐什麼，沒吃也吐……下班我回到病房，沒讓看護幫你，我扶著又想要吐的你，嘩啦嘩啦吐完比較舒坦之後，你抬頭我們四目相接，你疼惜又心疼的眼神，提醒我我的眼睛是濕的。

安撫完你，我躺回黑暗中的家屬陪伴床，睡不著……怎麼可以讓你看到！我這麼努力掩飾著的。

你離開之後、我當媽媽之後，也很少看電影。不過每次搭飛機，還是會「補」一下，有幾部電影，讓我想到你，以後再跟你分享，小比勇看著我邊哭邊看電影，沒多問，只是抱抱我、拍拍我。

在《海角七號》的最後，男主角痛苦著看著漸行漸遠的友子。

那是當時的我。

而在《*Meet Joe Black*》最後，父親和女兒跳舞。

Susan : I love you, Daddy.

Bill : That's why it's okay. No regrets.

Susan : No regrets.

Bill : Its a good feeling isn't it? ……

那是你！謝謝你！

那今天晚上，我們一起跳舞吧！像電影裡那樣……

「我愛你！爸爸！」

幸福的祕密基地

「醫生！等下不管怎麼樣，可以用自費都給他用自費的。」病人還沒到，家屬已經急著先通知我。一位坐著高級輪椅的老先生，被打扮地乾乾淨淨，胸前還蓋著名牌毛毯，身邊有兩位一台一外看護推著他進急診。

看完病患之後，其實沒有什麼太大的問題，我轉過頭來解釋：「我們等下先幫他做一些基本的檢查……」

「自費都沒有問題！不用擔心！」家屬又踏近一步，溫柔地說。

「嗯！」我吞了口水。每個醫師心中都有一把尺，最重要的衡量準則絕對不在於自不自費。

「醫師，就拜託妳了！那……可以請護理師快一點嗎？」

突然間懂了，而且有被重重汙辱的感覺。

「請把病患推到旁邊等，等一下護理師準備好了，一定會叫他，除了非常危急的重症，來到急診還是要等的！大家都一樣！照檢傷等級！」邊講我邊起身離準備開看診桌。

家屬想再上前說話時，幸好助理來了：「田醫師，傷口準備好了！可以縫了，可是病人情緒有點激動。」

嗯！我有充足的理由逃離那個讓人不舒服的自費不自費話題空間。深吸一口氣，走進手術室，那是一位割腕的三十歲男性。

我坐在病患的旁邊，看著他紅腫的雙眼：「你還好嗎？我可以幫你縫傷口嗎？還是你需要一點點時間。」

「可以了！真的很不好意思。」病患說。

在測試完傷口麻醉程度之後：「我要開始縫了。」

「好！」病患似乎比較穩定了。

「所以，為什麼要做這件事情啊？」我忍不住探問。

「壓力太大了！好苦！」病患說。

「怎麼說？」我問。

「我打兩個工，可是女兒的幼稚園學費一個月就要一萬八！快要不能呼吸！」病患皺緊眉頭。

「有一定要讀那麼貴的學校嗎？」我不解。

「小孩子還沒有上學的時候，我看我老婆看到別人從那間幼稚園接孩子放學的時候，都會露出羨慕的眼神，她是印尼人，我們感情很好。我很想要她跟女兒過著讓人羨慕的生活。」病患語氣很是痛苦。

「你看我，有沒有很像跟你老婆一樣從東南亞來的？」我試圖和緩氣氛。

「醫生很愛開玩笑喔！」他終於笑了。

「我是原住民啊！在還沒出社會之前，我過的是你們沒有辦法想像的生活，可是如果沒有到都市生活，我真的不覺得原來我們在城市人眼中是貧窮的。」我接著說，「有多少錢，就做多少錢的事情、過多少錢的生活！我爸媽這麼教我的。有些東西是金錢無法衡量的啊！你女兒多大了？」

他用另一隻手，從口袋裡拿出皮夾，翻開內面，就是妻子和女兒的照片。

「啊！天啊！你每天都被美女包圍著！」我由衷讚嘆著。

「是啊！」他露出滿意的笑容，開始跟我分享他們生活中甜蜜的點點滴滴。

「既然你們這麼相愛，生活中遇到困境，都可以拿出來一起談、一起想辦法解決，只要你們的手還是緊緊地牽著，對吧？」把傷口做縫合後後的清潔，我邊脫手套，一邊說話。「在我看來，我覺得你非常富有！你有一個充滿愛的家！好嗎。」我希望這番鼓勵可以激勵他，哪怕效果只有一點點。

「不過，等下還是要請身心科醫師跟你談談，下次不要再做這樣的事情，你垮下來了，要怎麼給太太女兒幸福呢！」我說。

「嗯」。他點點頭。

手術區門打開，跟照片上一樣美麗的他的妻子馬上衝進去跪在他身邊、緊緊抱住他。離開手術區，新來的實習醫師跟我報告剛剛看的一個病患。

「所以，你接下來想要怎麼做？」我問是希望藉由問題讓他自己找出難題的正解。

「嗯。」他支支吾吾之間，懂了。

「如果跟我的話，你不要管健保申覆，申覆我來寫。看著我，如果她是你的家人，你會做多少？你會用什麼處置？就這個原則！好嗎？如果有矛盾的、不清楚的部分，我們再來討論。等等你先開order，開完我們一起看一下。」（order，處置）

實習醫師給我一個不可置信的表情。

金錢、富有，其實我是羨慕過的。媽媽當部落裡大人們花錢聚集喝酒時，她把酒錢省下來給我買簿子。只有小學畢業的她，把所有會的字都教我。她做過家庭手工、打毛線、當臨時工人；後來在學校煮營養午餐，當工友。當我放學後或是放假時，因為要去幫忙洗菜、割草、澆花、倒垃圾等等，而我若感到絲絲的丟臉。她會很生氣，她覺得自己不偷不搶很正當地很努力地做這工作，應該引以為榮的。

當我愛慕虛榮、驕傲自滿，她會關起門來，狠狠地教訓我，尤其爸爸你不在家的時候。

爸爸你比較疼我，但現實狀態，還是無法讓我和哥哥予取予求。不過，那個床頭燈一直提醒著我你教會我的價值觀。

啊！這個床頭燈跟著我快三十年了。那是中學住校之後用你送我的三商禮券買的，那次你在南投開會的時候，我們一起去那邊的三商百貨選的，記得嗎？

那是我生平第一次知道有禮券這種東西，也是第一次去叫做百貨公司的高級地方。很厲害吧！可以用到現在。現在，你的外孫小比勇說會幫我好好守護這個寶藏。

你也許已經忘記了，客廳沙發上的小毛毯、還有一些棉被……都是你和媽媽給我的。對我而言，這些東西是獨一無二的超級名牌！無可取代！

它們是很早就離鄉背井的我，生活中最大的安慰。對我而言，床頭燈的光芒總是溫暖，就像你一樣。

＊＊＊＊＊＊＊

多年前的某個夜晚的燈光也差不多是這個樣子的，當時我應該七歲吧！偷偷告訴你我好羨慕同學有削鉛筆機，而且是一邊轉一邊會發出音樂的那種。

爸爸你帶我到書房，拿起一張舊報紙、一隻鈍了的鉛筆，還有當時很普遍的，可以收折起來的三塊錢刀片，你開始削鉛筆。你說：「我告訴妳怎麼樣可以削出最漂亮的筆喔！像這樣，手握好……」我瞪大眼睛看你一刀一刀地削，可是心裡還是想著那個有音樂的豪華削鉛筆機。

「我們以前哪裡有削鉛筆機！我的爸爸都幫我削鉛筆！他削的筆，是全世界最好看的鉛筆！寫出的字，哇！應該是全世界最漂亮的吧！」你說。

「妳看！削鉛筆其實很簡單！這削出來的筆都和大家不一樣！還有加爸爸的愛心！來！妳試試看！」爸爸你興奮地鉛筆遞給我。

「喔！是這樣弄嗎？可是前面沒有尖尖！」我半質疑地接握筆一邊說著。

「要尖尖的嗎？那有什麼問題，妳把筆這樣放在紙上，然後一邊轉一邊削……」你說。

「哇！我會了！真的好漂亮喔！」我非常高興。

回到學校之後，我幫好多同學削鉛筆，大家開始流行自己削鉛筆。但比起你的童年，我已經算很好了，對吧？

＊＊＊＊＊＊

到現在我還是不能想像被用臭肥皂或是會起泡泡的野果抹頭，然後再用敲碎的玻璃瓶剃頭髮是什麼感覺……當時，對於耳朵或是頭皮被刮傷，你們應該是家常便飯吧！

每天光著腳上學，只有在重要場合才穿上鞋子是什麼樣的心情？

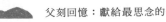

接屋簷的雨水洗澡又是什麼味道？

衛生紙和手帕只能用來給老師檢查的，上廁所時是用粗紙或是樹葉。

好不容易等到的遠足，卻怕便當沒有菜被同學取笑的窘境。好在奶奶當時到店鋪裡用自己種的米換一點麵粉和著糖水煎，還有趕緊到溪裡抓溪蝦加菜，你終於敢去參加遠足了。

漢人過年的時候，你和幾個小朋友硬著頭皮去向他們要年糕吃。

「那個年糕的滋味實在是太好了！」你笑著回味……

我懂事之後，你已經開始在山上鄉公所當小小的公務員了。你是參加民國六十五年末代山地行政特考，才開始當上公務員的。當時，你帶著米和電鍋南下借住在讀大學的叔叔的小公寓苦讀一個月。考完試回鄉後的你瘦到連媽媽都認不出來。不過，你的努力沒有白費，你是那年的榜首。

當公務員之前你做過好多好多臨時工作，還曾經被親戚看不起。某次家族聚會，你就近拿起一張椅子坐了下來。卻被大聲告知：「那是公務員才可以坐的。」

但是對於這些親戚，你在成就超過他們之後，還可以以德報怨。在此我要偷偷和你說聲對不起，因為我到現在都還不太想跟他們說話，請你原諒我。

小時候雖然家裡很貧窮，要養一個家、一個在求學的弟弟，你還得償還許多債務，包括爺爺臨終前的龐大醫藥費，你卻擁有讓我一直都覺得自己很富有的神奇魔力。因為你和媽媽經常幫助別人，在部落裡我們看不到這世界是可以奢華到什麼程度，但是看到「原來，我們比別人擁有很多」、「不一定要很富有才能給、才能分享」。

中學的時候，我問你：「爸爸！你為什麼對我們這麼好？」

「我的父親，你們的爺爺很愛孩子，而且是不打人的。所以我也想和他一樣。」你說。

「我在讀霧社農校的時候，剛開學的時候。每個人都會被分發一套新制服，當然如果你要多買，外面的店鋪有賣，可是爺爺沒有多餘的錢給我買另一套，所以，我只能每天換洗。可是，我的新制服被偷了，上面都還沒有繡名字。那個時候我慌了！想不出更好的方法，我只好去偷別人的。可是我正要去偷的時候，被抓了。

隔天，學校請爺爺來，爺爺翻山越嶺、不知道搭了幾趟便車來到學校，沒有罵我，我一直哭，哭得很傷心。爺爺把跟別人借的錢塞在我手裡說：『如果要什麼東西跟我說，我會想辦法！但是怎麼樣都不可以用偷的！』」

「我只有一直哭，心裡好難過！我告訴自己：『以後不要讓我的孩子受這種苦！』但是你們現在又跟我們過去差別很多，我只能盡可能地去站在你們的立場幫你們想，盡我的能力給你們你們所需要的。」你說。

＊＊＊＊＊＊

你的魔力，不只是用滿滿的愛讓我覺得富有。記得要準備動大手術的前一晚，大家都到病房裡陪你睡。媽媽很早就打呼了。黑暗中，你對著我的方向說：「知學，睡了嗎？」

「還沒，快要了。」請我當時說謊。當時我正在努力讓自己不哭，我在旁邊偷偷地祈禱著。

「妳看外面天空的星星，妳看我躺在這個高高的病床上，又在這麼高的樓層，直接往外看，我們像不像是飄在空中，一起看星星？就像小時候每天晚上牽著妳的手一起看星星？」

「嗯。」我點點頭，淚水就這麼滑下臉頰。黑暗中，你看不到我的臉，不算。還是其實你知道我很難過，所以要帶我看星星？

就像小時候那樣，晚餐後你牽著我的手看星星，一切都變得美好了。你讓我覺得自己好富有，彷彿整個星空都是我的。在深山沒有光害的星空下，真的是滿天星斗。

「妳喜歡哪一顆？知學。」你問。

「這個、那個，嗯……還有這個……」我說。

「好！全部都送給妳！」你大手一揮。

牽著你的手，我覺得擁有全世界！握著你的手，握著的是「永遠」。

你的生病，是我人生中的「永遠」第一次被挑戰。嗯！當時你是知道的……所以用星星安慰我！

謝謝你！到現在我也是這麼讓我的孩子知道我們有多富有！因為我們有一直不斷滿出來的愛！

偶爾，在人生中，會遇到跟你很像的人。在醫學院的時候，那個事件，我被叫到校長室。當時以為會被訓誡，校長居然開始跟我聊天，聊年輕時的自己多血氣方剛、聊往事、聊人生哲學……一直記得他說：「如果妳想要賺大錢，就不要當醫生！妳想要有名跟權，更不要當醫生！妳現在可能聽不懂，但是我要妳記在心底。」

當時沒有那麼不懂，因為他說的跟你給我的概念很像，只是不同的的方式。

長大出社會之後，人的渴望變得更具體、更複雜。

錢、權、名……

那天在錄影的時候，雜誌社打電話來：「請問是田知學醫師嗎？」

「是！我是！」我說。

「我們是某某雜誌，要來採訪您。」

我想起來了，某位醫師長輩前幾天曾若有所思地跟我說：「會有雜誌社打電話採訪妳，可以嗎？」

我以為是採訪我，像鼓勵原住民小朋友那類的採訪，沒想太多就答應了：「好啊！」

「現在採訪您方便嗎？」電話另一端溫柔的詢問著。

「我正在準備錄影，不過，你還是可以說一下大綱。」我說。

電話那頭的記者說：「我們正在撰寫百大良醫的報導，當初某某醫師到原住民部落帶著妳參加醫學營、鼓勵妳，讓妳從貧窮的原住民孩子變成為醫師，得到這麼好的成就。當時在醫學營的時候，妳覺得他是怎樣一個人生導師？現在成為醫師之後，他對妳有什麼啟發呢？妳有什麼想要感謝他的呢？」

我愣住了！這是什麼樣的一個情況？怎麼冒出一個我完全不知道的故事？可是我好像是主角之一，不，是配角。我愣太久了，因為完全不知道要怎麼接這個，感覺應該會很感人的故事。

「喔！抱歉！我們快要開錄了，請你大概一個半小時後打來。」當下我選擇先緩緩此事。

錄影當中，我分心了一下。我在心中問爸爸你：「到底要怎麼回應？回是，那我就是在說謊；回不是，喔！天啊！」

最後，我告訴雜誌社的記者：「抱歉！我們當中可能有一些誤會。他在辦醫學營的時候，我已經是醫師了。我是有幫他聯繫部落的學校，還有幫他們找住的地方，大概就這樣子的關係。」

結果採訪就這樣取消了。

我想不到更好的方法了，好像還是沒有處理得很好。真的當上主治醫師，看到更多複雜的人性和慾望，我想用最簡單的初心去面對一切。

如果你還在，你一定會跟我分享很多很多人生的智慧。

今天晚上，讓我們回到過去吧！我打開窗戶，你躺在沙發靠窗那邊，我要躺在你的肚皮上，就樣小時候一樣，你的肚皮超好躺的！

所以，今天晚上全部的星星也都是我的嗎？

屋頂上的一頭母牛

爸爸你知道很愛感受的我一直都愛寫作、文學，從學生時代，常常在投稿之前，總是要你幫我看看我的文章。被退稿或是沒有得獎之後，你也會安慰我：「妳還年輕，需要時間和更多的經歷，我相信未來妳一定可以寫出動人的東西。」

現在竟然美夢成真，是不是你跑去找東販的編輯耳邊輕語：「欣賞一下田知學的文筆吧。」

你離開之後，除了出版布農族系列童書《布農族。法莉絲》——這也是受到你的影響，「International Tolerance Day 世界包容日」那天受邀在台北歐洲學校分享原住民文化，我把他們給我很優渥的鐘點費請部落的人來分享布農的傳統舞蹈和八部合音，在大家熱烈的掌聲和淚水中，突然覺得你就在身邊，而我原來正在做你一直努力在做的——把我們的文化留下來，當下童書的靈感就這麼源源不絕地湧入腦海。

其實，我更想要寫的是爸爸你。和爸爸你一起度過生命中最後的一段。所以我想出了一個小說，你是男主角的弟弟，由陪伴你度過生病這一段，小說裡的你的哥哥強重新思考人生，也從你們的對話和回憶之中，帶出許許多多大家所不知道的當時的原民青年如何在文化轉型之間求生存、布農文化、部落文化等等。

故事的開始是這樣的：

民國五十一年夏天

抬頭仰望酷熱的太陽終於過了天空的正上方，強蹲在河邊，雙手捧起清涼的溪水解渴，順道將溪水潑灑在臉上；牛群們被狗兒趕著，慢慢地聚集到河邊喝水，有幾隻索性就浸泡在水裡。

用胳臂擦去髮上多餘的溪水，想抹去今天異常的悶熱和無法言喻的燥。下腹突然湧出一陣尿意，強轉身衝進樹林裡。

「再撐一下，等等就可以趕牛下山了。」他邊想、邊抖去殘留的尿滴。正在打哆嗦的時候，傳來凌亂急促的腳步聲，強反射性地蹲在樹叢後面往工寮的方向看去。

是老闆媳婦美枝。像往常一樣，美枝穿著美麗，不過今天口紅特別鮮豔，陽光灑在她撲得特白的臉頰，幾乎就快要反光了。強可以想像她身上所散發出的香味，那是一般布農婦女所沒有的味道。

美枝家是部落裡少數幾戶的漢人，當初她公公阿澎帶著婆婆阿紅仔到部落裡經營小雜貨店，做了幾個月，後悔了，因為番仔口袋裡真的沒幾個錢，除了鹽和糖，以物易物、自耕自養又狩獵的番仔根本不太用雜貨，每天看著布滿灰塵的雜貨百感交集，但也沒有多餘的錢可以再搬回城市。情況一直到他們引進白露酒來賣，才有了改善，而且是戲劇性的改善。

每天到了黃昏收工時候，尤其是發工錢的日子，村民就會帶著鋼杯、木杯，蹲在雜貨店前，一杓一杓地買來喝，邊喝邊聊、邊喝邊唱歌，喝開了就把家裡裝在外層裹著厚厚黑炭的鍋子裡、還沒喝完的野菜湯或是山肉湯端過來，在雜貨店附近找個地方，用三顆大石頭堆起了臨時爐灶，起火加熱配酒用，言歡高歌。了解番仔就愛這一味，雜貨店裡開始運滿了一甕甕的白露酒，最裡面的牆上還擺了一排比較高檔的紅標米酒。

不需要等待酒釀發酵，也不需要迎接重大祭典才有酒喝，慢慢地番仔們不再等收工時才喝酒，從早到晚，穿梭在部落的小路上都可以看到倒地不起的醉鬼，和狗都不想去舔的嘔吐物，裡面還夾雜一些看起來像白色蚯蚓的寄生蟲蠕動著。

就這樣，雜貨店變成部落裡第一個有樓房的住家、最有錢的人家。

這時，住在基督教堂對面的勞恩出現了。勞恩可說是部落裡最寂寞、最安靜又最認真工作的男人，當年風光地娶鄰居阿莉・沙麥的女兒菈后，俊男美女組合得到很多人的羨慕和祝福，可惜菈后在婚後也加入白露幫，不再認真工作。在一次喝酒哭鬧中，她突然倒地抽搐，酒友們以為她開玩笑，還踹了她，要她別鬧了，直到她因為吸入嘔吐物全身發黑，大家才驚覺不對勁，大夥兒七手八腳扛去衛生室。三十出頭的菈后從此右側偏癱，無法言語，勞恩從不埋怨地獨立照顧她和扶養四個女兒。

不像平時大家印象的含蓄溫吞，勞恩從背後一把抱住美枝猛親，粗獷的手掌伸進美枝的領口，向下一把直接搓揉她的胸部，半推半就，美枝也開始褪去勞恩的衣服。

眼前的情景加快了十三歲的強的心跳，體溫急遽攀升，超過酷熱的悶暑，他的呼吸開始變大、變深、變快，下意識地壓抑著任何可能傳到他們耳邊的聲響，但是心跳卻強而有力地響著，像是在幫眼前的情景用大鼓配樂。

這時天空傳來巨大的雷聲：「轟！」緊接著如苦茶子般大小的雨滴密密麻麻地從天空傾瀉，勞恩直接將美枝拉進工寮裡繼續。

殘餘的雷聲漫布在高空中，蓄勢待發，準備激起更大的爆發，突然的一道閃電就打在強身後的一棵野核桃樹上，紮實的樹幹硬生生地從第一個分支處被劈成兩半，空氣再度被雷聲震爆的瞬間，半截樹心面變成焦黑的樹幹落在地上，無力地冒著煙，樹幹上竄升的火苗無懼地抵抗湊密的雨滴，那怕只是多燃燒幾個瞬間，也要驕傲地證明它的來歷。被驚醒的強起身跑向牛群喝水的地方，滴滴答答的雨水澆不熄他身體裡沸騰的滾燙，奔跑中雨水打了滿臉，也打亂了視線，但腦海裡兩個肉體交纏的畫面卻清晰地讓他快喘不過氣來。

「哞！哞！哞！」迅速激漲的河水慌亂了牛群，除了那隻母牛仍靜靜地站在原地，似乎在等待著什麼。牠大概是牛群裡最美麗的一隻，平時就很安靜，總是喜歡待在離強比較近的地方吃草。

雨水、雷聲、急湍的溪水流、牛群的慌亂……此刻似乎都消音了，強只聽到美枝和勞恩的喘息聲，腦海無法思考如何處理眼前的狀況。他看到那隻安靜回眸望著他的母牛，牠那雙被濃密睫毛圍繞的大眼散發著一種粉紅色的溫柔，強本能地攀上母牛身後的大石頭，迅速地脫去褲子，沒有內褲，雙手攀住母牛厚實的臀部，急躁地摸索著合適的姿勢，母牛依舊靜靜地用那雙大眼回頭望著強。

「轟！」這雷聲更加巨大，卻止不住強的衝動，就在這個時候，深山裡的洪流夾雜著泥巴和石頭滾滾流洩，衝破原本溪水流經的領域，強大的水勢鬆動強腳下的石頭，帶走溪邊的樹木和牛群——還有那隻母牛。

強的頭狠狠地撞上浮在水中的漂流木，這時才意識到自己原來有呼吸，而且是急促的。本能性在水中掙扎，抓住任何可以救命的東西，幾頭龐大的牛軀體流過他身邊，「哞！哞！哞！」一如求救般嘶吼此起彼落，想起剛剛竟然想對那隻母牛做些什麼，現在卻分不出母牛哪一個方位，強只能緊緊地抱住漂流木隨著洪水浮載浮沉，強烈的心跳和急促的呼吸持續著，繼續和驟雨、洪水、雷鳴、牛叫聲……交融。

民國九十八年一月十五日

雨水從騎樓屋簷滴落到濕答答的馬路上再反彈到他的臉龐，清晨的朦朧中，天花板上出現那雙散發著粉紅色溫柔的大眼……想迴避那眼神，強繼續闔上雙眼，他意識到自己的鼻息，裡面還夾雜著濃濃酒精和胃酸。

＊＊＊＊＊＊

哈！我知道，爸爸你看完一定不知道該怎麼形容自己的女兒複雜的腦袋裡，到底每天跑進跑出多少天馬行空？那個最容易在我面前無助落淚、最愛跟我撒嬌的寶貝女兒跑哪兒去了？

這靈感其實是來自於天母一個已經歇業的酒吧「Ox on the Roof」（屋頂上的公牛），那一夜幾個朋友微醺在酒吧裡，一樣茫茫的老闆為大家解釋酒吧名稱的由來。

老闆總是說他跟我一樣是原住民，他的確有我們的五官還有黝黑的皮膚，也喜歡戴飛鼠毛做的帽，裝扮舉止上特立獨行。但是他的話總覺得聽聽就好，因為他的都市化程度、經濟能力，拉遠了他人刻板印象和認同他是原住民的距離。直到聽完他小時候和牛的故事。當然，他的版本跟我的版本是不一樣的，他只是一個發想。

所以，沒有讓你當主角，而是讓有點像浪子的強當主角，其實他也代表每一個人——不論文化。

而最真正的主角或者說精神，是那頭母牛。你怎麼看那頭母牛？是保護天使？還是遺憾、空虛？還是每個人生命中最重要的什麼？

＊＊＊＊＊＊

說到喝酒，已經成年的你的女兒，在上次衛福部偏鄉醫療兩天一夜的會議中，發現自己好像也有承襲原住民的好酒量，只是不常喝，也不喜歡醉的感覺。

啊！我們兩個都沒有對飲過呢！你應該不敢吧！因為怕我會生氣！

我其實是認同你的好酒量的！從小在部落裡看過這麼多人喝酒，你應該是酒量最好的吧！酒品更是沒話說。你喝多了就安靜、乖乖的坐著或是睡著，但很多時候，是大家都倒了、吐了，你還是醒著的。

但是小時候就是怕你喝酒。

記得有一天只有我們兩個在病房的時候，你說：「在我的心中，有三個關於妳的最難忘的畫面。」

「第一就是在妳很小的時候，那時候我常常應酬喝到爛醉，妳坐在被我和同事、朋友喝到凌亂的客廳沙發上，用天真的眼神看我跟我說今天發生什麼好玩的事情，還告訴我妳有多愛我、多喜歡我在家的時候……我聽了好慚愧！覺得自己這個爸爸是怎麼當的？」你說。

記得小時候只要你有任何應酬，我都想跟，穿睡衣也要跟，因為我怕你酒醉。那是源自於四、五歲左右的回憶……那天，我走在部落的大馬路（我們叫它大馬路，其實比起城市，真的不大）上，部落唯一的麵店門口圍了一群慌亂的大人，還有人尖叫！他們都醉了，但是其中有一個非常醉、醉到亂！

在原住民部落，其實這樣的情景並不少見。只是……被圍在中間的那個人身影跟你好像……

接著，他開始脫光衣服！人群為了圍住他，而以他為中心，跟著他不斷移動著。雖然不認識周圍的任何一位叔叔阿姨，但是擔心那個人就是你的我，還是跟上前去、穿梭人群進去看。

一個小女孩鑽進人群裡，清清楚楚地看光了那位大伯的全裸身軀！原來他不是你！不知道是哪個部落的人？可是我卻邊走邊哭回家了。要不是擔心那個人是你，我才不會……

回到家，你問我為什麼哭？我越哭越大聲。你繼續說：「第二個就是妳前額那個害妳頭髮無法中分的大疤。那時候應該把門後面的鐵片打平，妳就不會受傷了！看到妳流血還有在衛生所，頭頂頭髮被剃光、被縫傷口的樣子，我好自責！」

我笑著看著爸爸你：「那是我跟哥哥頑皮弄出來的！你有趕到醫院我已經很高興了。頭髮被剃掉的時候，媽媽忍不住笑出來，當時最想看到的就是你！因為你會安慰我，還會幫我擦眼淚。」

記得我還掀起瀏海：「已經和你一樣高的額頭，中分的時候，更像禿頭了！哈哈！」

第三個就是上次去美國，你說，看到我瘦小的身軀還要搬那麼多行李，弄這個、弄那個……尤其在飛機上我從置物箱拿東西的畫面。因為拿不到，我用膝蓋或小腿頂在扶手上，這樣來來回回好幾次。為了照顧生病的你，我在自己的小腿上弄出那麼腫的瘀青，你覺得很不捨。

當時面對爸爸你的不捨，我只搔搔頭看著你：「唉呦～～那沒什麼啦！很快就好了！你生病之後，我變得好強壯耶！（我比健美先生的姿勢）應該是屬於女超人等級的吧！」

其實，那一趟旅程，我一路陪伴的心好痛，那天，留你和媽媽在美國的家，我和先生開車去買菜和生活用品。回到社區，準備開閘門，我拉住先生的手：「I'm so scared! This may be his last time to come to the US. I'm so scared……」先生讓我好好地、用力地哭完，擦乾眼淚，再開閘門。

爸爸，謝謝你把我深刻的記在你的腦海裡。

中學時期，到了開始喜歡讀散文、小品、立志文章之後，有天我們聊到最不喜歡什麼，我想了好幾個禮拜，很認真、嚴肅地給你答案——遺憾！

我怕遺憾！真的不喜歡後悔的感覺！

「這是一個很好的人生課題，為了不要有遺憾，用正面、善良的心去待人處事，妳會慢慢學習、成長。」那時候你給我那個會鼓勵人的笑容。

努力不要有遺憾，也慢慢體驗到：人生終究不可能完美。

而，關於對於你的深刻回憶，給我一千零一夜，也說不完……

婚禮

快下班的時候，有人送點心來，居然有你最愛吃的串燒——串烤青蔥豬肉捲。

小時候，存夠零用錢，從城市學校回山上的時候，這是在離家最近的轉運公車站附近的必買品，那應該是攤位裡僅次於烤花枝的「高檔貨」，要花掉我很多零用錢呢！

「好吃！好吃！知學買的都最好吃！」爸爸你吃東西的聲音很大，如果用西方的禮儀來看，應該是非常不禮貌的！可是每次看你吃得開心，就覺得很滿足！這是我那一兆個告訴你「我愛你」的方式之一。

******

今晚被送來的那位伯伯喝得爛醉，跌跤，額頭、眉心被炸出幾道不規則的撕裂傷。助理把傷口準備好之後，我直接走進縫合室，打斷了家屬和伯伯之間的對話。面對家屬，思緒停頓了兩秒鐘，如果有急診室服裝大賽，他們應該可以贏得「最體面團體獎」，全都盛裝打扮，連伯伯也是挺拔的西裝配上領帶，只是上面撒了血。

「好了！請家屬先到外面。」我說。

「可是……他會不會掉下來？」他穿著華麗的妻子猶豫了一會兒。

「不用擔心！我會保護他。」我給她一個相信我的眼神。

我喜歡安靜專心的縫合，因為大部分的家屬都很有情緒，大多時候是出於好心與擔心……但常常會影響縫合、甚至幫倒忙。

手術室只剩下我跟伯伯了，剛好可以暫時忘卻外面的忙碌與壓力，靜下來，好好地把傷口縫合。也是一種「Me Time」。

「伯伯你好！我是你的醫生，我現在要幫你縫傷口。傷口看起來還好，應該不會花太多時間。」我說。

我繼續：「現在，你可以為我安靜一下嗎？一下下就好！來！你手這樣放，不要動！有需要什麼跟我講，但是手不要來，好嗎？」把伯伯的雙手疊在他的肚臍上，我則戴上無菌手套，再消毒一次傷口，接著把洞巾蓋在他臉上，只露出被消毒過的那個區塊。

伯伯突然開始顫抖，然後邊啜泣邊說：「其實今天應該要很高興的！今天是我女兒結婚啊！可是她一致詞，我就……」他接著說：「我一直忍！從那時候就一直忍！但是我需要發洩啊！真的需要發洩……就變成現在這樣了！真是不好意思！」

「前世情人要嫁人了，你最痛苦了！」不知道他們父女的關係如何，我想像的是滿滿的愛，就像爸爸你和我之間一樣。

「弄成這樣，真是麻煩大家了！」伯伯很是內疚。

「好！所以你好好配合我，我很快！一定把你縫好，你的前世情人才不會難過好嗎？」我說。

真的是新婚夜，沉浸幸福喜悅的女兒並不在一堆家屬當中……甚至可能也不知道爸爸出狀況了。

洞巾蓋在伯伯臉上，露出伯伯受傷被消毒過的區塊，從這個角度看他的眉毛，跟爸爸你的好像啊！你後來眉毛和頭髮都變灰白了，而且眉毛越長越長。

當下我雖戴著口罩，還是可以不斷被伯伯從洞巾口噴出的酒氣醺得快暈了。漸漸地伯伯似乎有被安慰到，也或許是太醉了，才講完話，他的呼吸開始放慢、放深……接著傳來呼嚕呼嚕的打呼聲，這時候酒氣開始夾雜著胃酸和食物的味道。在酒醺和胃酸之中我努力保持著自己縫合的步調與清醒的意識，這一切讓我想到爸爸你啊！我的前世情人……

＊＊＊＊＊＊

那時候，我很努力想讓你參加我的婚禮，你知道的！所以直接辦在醫院裡，但是你還是沒辦法來。

我連輪椅中的勞斯萊斯都幫你準備好了，如果爸爸你不能牽著我，那就換我推著你。

那台你沒有用過幾次的輪椅，現在還留在倉庫裡，我知道你喜歡分享，可是我就是無法把它送出去。

記得你還請看護用它推你下來急診看我嗎？

「我只是來看妳一下！」你給我充滿愛的微笑。

＊＊＊＊＊＊

小時候，你只要有機會經過我在的地方——學校、教堂、部落的任何一個跟其他孩子們一起玩耍的角落……你一定會過來，只為了說：「我只是來看妳一下！」

其實我超愛那驚喜！對我而言應該是在全世界所有急診室最好的驚喜吧！要不是那天急診太多發燒的病患，我不會那麼快讓看護帶你回病房的。

婚禮有好多橋段都是你幫我決定的，你還記得嗎？

在化妝間裡，我其實還沒有完全進入狀況。那時候如果不是你說要有婚禮，我想其實公證就可以了，我只想把所有時間和心力都花在爸爸你身上。而且你還說要尊重美國人的習俗，所以女方要負責婚禮的花費。你知道最後的日子裡，你很「貴」喔！病房、治療、耗材……我還偷偷去其他醫院、山區醫療「兼差」，不過即使為你花掉全部、甚至負債，也沒有關係的。

沒跟你說，那時候我並沒有找婚紗公司，也沒有拍婚紗，我的婚紗是從網路上用一千四百八十元買的N手貨；婚紗是點綴著金絲線和白色珠子的魚尾長裙，沒有裙襬，四尺長的裙襬，是在永樂市場的廉價窗簾區找到的跟婚紗很相似的布料，利用在病房陪伴你的時間將在後火車站買的禮服上一樣的珠子一顆一顆縫上裙襬，婚禮上再把裙襬別上我的後腰際；而身上的首飾，是後火車站早市的珍珠攤子老闆娘照著我的意思串成的。

不過你說很漂亮。

那天，在病房裡，裙襬的珠珠快縫完了，爸爸你突然從睡夢中醒來，睜大眼看著我的婚紗還有縫滿珠子的裙襬說：「好美啊！」

我把裙襬在空中甩呀甩給你看：「很夢幻吧！」

「穿給爸爸看啊！」媽媽催促著。

猶豫了一下，還是捧著婚紗到浴室為你穿上。

伯伯突然又醒了過來：「我好難過啊！寶貝女兒！抱歉啊！爸爸失態了！」

隔著口罩，我輕輕地在伯伯耳邊說：「爸！沒關係！我知道你不是故意的！」

我到底在說什麼？不過，伯伯居然被安撫了，他說了「好！」，又睡回去了。

我繼續縫合傷口……

我知道，你不是故意不想參加我的婚禮的，我知道你有努力想撐到那一天的。

捧著婚紗到浴室裡，心中有說不出的複雜感受……

因為要脫下牛仔褲，所以得先脫去那時候我超愛穿的馬靴，大半號的馬靴平常穿脫都很順的，那天卻怎麼也脫不下來，雙手奮力一拉，穿著襪子的腳直接踩在浴室地板上的一灘水上。

在浴室裡，我哭了！我在怕，怕你只能看到這一次我穿婚紗的樣子……原來我好害怕！我真的好害怕！

擔心你在外面等太久，努力克服鼻頭的酸楚，套上婚紗，也把穿著已經濕了的襪子的腳再塞回馬靴裡……

走出浴室，我轉圈圈：「很漂亮吧！」一看到穿著婚紗的我，你笑了。

「如果你可以來婚禮，我還會化妝、穿高跟鞋，一定會更美的。如果你可以來的話……如果你不能！我不會怪你，真的不會，只是心會很痛……但是我會很勇敢的！嗯……我會努力勇敢……」當時面對著你，我在心裡這麼說，爸爸你有聽到嗎？

「一定要有八部合音！我們部落唱得最好！我還帶領他們到國家音樂廳表演呢！妳的婚禮我會跟他們下去唱……」當時你這樣說著。

結果你沒有撐到婚禮，但是婚禮上有八部合音，是平時跟你一起練習的族人們。他們光著腳，走進在醫院餐廳臨時搭建的婚禮會場。

「嗚……」八部合音的第一個音一發出來，整個會場突然安靜下來。

「嗚……嗚……嗚……」合音一部一部地加進來。從第一個音發出之後，這個沒有歌詞也沒有旋律的合音毫無間斷地，像水滴般慢慢地聚集成小水池，然後開始流洩。族人們也隨著聲音輕輕地左右晃動。

即便是在充滿會吸音的地毯和窗簾的婚宴會場裡，合音所產生的回音和共鳴，彷彿帶著大家飛進中央山脈的深谷裡，隨著細水匯入溪流中，兩旁的動物鳴叫聲此起彼落。溪水和溪水又不斷地匯集，變成滔滔江水繼續流竄著，蓄勢待發。

這時「嗚……」高亢有力的高音進來了，引領著江水衝上高峻陡峭地山崖。

接著「嗚……」更昂烈的音衝出，彷彿猛獸用力掙脫枷鎖般地嘶吼，江水衝過懸崖，匯成巨大的瀑布從天而降。

在突兀的高音出現之後，整個合音彷彿一鍋接近沸騰的山羌樹豆湯，開始冒泡，然後滾燙沸騰。這時合音的圓圈出現一個缺口，面向新人慢慢打開，合音驟然停止，而震撼人心的餘音從缺口中像修練千年的神力，「轟！」將在場所有人敲醒，有如大夢初醒般，回到更清晰的現實。從未聽過現場八部合音的漢人及外國人，完全被震懾住了，大家都摒息，有的人忘了這是一場婚禮，起身鼓掌。

我眼眶泛著淚，看著台下的族人，試著找尋你的影子。

假裝低頭看著手上朋友臨時為我準備的捧花，綠色細長的葉片上居然還細緻地貼上跟婚紗上一樣的珍珠，沒有多少人看過我的婚紗的。

「爸爸！是你吧！是你！」我勇敢地抬起來，給台下為你唱八部合音的族人一個微笑。

＊＊＊＊＊＊＊

縫完了，把蓋在伯伯頭上的洞巾拿起來，他突然張開眼，給我一個微笑。

我脫下一隻手套，用沒有戴手套的手壓著他疊在肚皮上的雙手：「這床很小，不要翻身喔！會跌下來。」

回頭，我請外面的家人進來，帶伯伯出去。

我脫下另一隻手套，去洗手……隨即回到忙碌緊張的急診室。

身體完全是專業訓練的慣性動作，可方才伯伯令我忍不住想，如果那天是你陪我走紅毯，你會不會像這樣落寞、哭泣？

思考了一會兒……

不，爸爸你不會！

因為 我・會・帶・著・你・一・起・去・度・蜜・月。

大雪山之戀

凌晨一點多，走出臺北凱撒大飯店，門口還是一堆觀光客站著，也難怪旁邊的便利商店裡會陳列著台灣觀光名產。雖然空氣中還有些許涼意，但酒後由腮幫子透出的暖醺，還有和姊妹們一起釋放後的開心，冷暖間的衝突意外的剛剛好。

這是我跟一群媽咪好朋友們的「每月一聚」，非常珍惜、也非常喜歡！我們「拋夫棄子」，大家聚在一起開開心心、釋放壓力；聚會完的下一次見面，大家又回歸成溫柔嫻淑、三從四德，在校門口排隊接送孩子的典型已婚婦女，對話也回復正規的媽媽經。

凱撒大飯店、凱撒大飯店……總覺得這飯店好熟悉，上計程車前，回頭一瞥、視線穿過人群：「是那個玻璃窗……」，恍然間想起，當年在這個玻璃窗前我曾和救國團的朋友們一起集合。

每年寒暑假，很少硬性規定我要做什麼的爸爸，卻在我高一寒假時，要求我一定要參加救國團的活動。當時我對外表非常自卑，所以對所有社交活動避之唯恐不及。之所以會這有這狀況，就要從頭說起。

因為我上的是資優班，學校希望高一新生先參加暑期輔導，看看有沒有機會提早參與一些大學的課程，才上課沒幾天，在鼻梁上和胸口起了兩個水泡之後就開始發高燒。學校宿舍的老師帶我去看病，醫生診斷是水痘，馬上就中斷先修課程，先去在台中的大阿姨家養病。

嫁給賣草藥人家的大阿姨說：「西藥不好！越吃越毒。要把毒給逼出來才可以。」於是她除了煮很多營養的、山上吃不到的食物給我吃外，還給我喝了一些現擣、現搾的草藥汁。毒似乎是真的被逼出來了，因為水痘像雨後春筍般地長滿了我全身，尤其在臉上更是密密麻麻，不知道的人，可能會以為痲瘋又再度肆虐了。

我完全不敢走出阿姨家門口，路人的指指點點太銳利，沒有人能招架地住，有時候還有路人奶奶趕快緊緊抱住在騎樓玩耍的小孫女，縮在騎樓角落，以恐懼的眼神看著我、目送我，深怕不小心碰到我，那怕只是碰到衣角，可能都會變成跟我一樣可怕的怪物。

我的狀況越來越嚴重，燒燒退退也拖了很久，眼看無計可施，阿姨包了輛計程車，把我從台中送回山上。

當晚，一回到山上的家，媽媽打開門看到我的臉的瞬間，她毫無掩飾地痛哭！你故作鎮定，但眉頭深鎖著。在車上一路哭哭停停、不斷告訴自己看到爸爸媽媽要勇敢的我，終於潰堤。可媽媽很快就振作，收好包包，拉住我的手，又叫了一台車要去水里。

「唉呦！臉這麼這樣！」計程車司機嚼著檳榔回頭看我。

「不要難過！我帶妳去看這個老醫生，他最好！最厲害！妳小時候就是被他救活的！」不怕被我傳染，媽媽倚著我坐在計程車後座，一路上一直緊握著我的手，把我的頭靠在她肩膀，她不斷擦著自己的淚水，也幫我擦淚水：「不要哭！一定會好的！我們一起禱告！」

媽媽用流利的布農族語禱告，邊禱告、邊拭淚，是一段很長的禱告。

這是我第一次了解，原來，媽媽會在意我的外表。美麗的她，從小到大幾乎沒有稱讚我「妳好漂亮」，甚至還會說：「妳很醜！妳又不像誰誰誰一樣，那才是真正的漂亮。妳只有認真讀書，不然妳以後會什麼都沒有。」

後來慢慢才懂了，她之所以會這樣教自己的女兒，因為「美麗」並沒有在她的人生上加分，她羨慕有學歷、有頭腦、能夠獨立自主的女生，這是她一輩子都追求不到的，光是能夠跟你有很好的對話和溝通都很難。婚前的愛情，有她的美麗善良真摯就足夠了；婚後，你們吵架的時候，你氣到不知道說什麼、又不會爆粗言、翻舊帳，你會很大聲地說：「妳懂什麼！妳懂什麼！」

那句「妳懂什麼！」正是她的致命傷。那些跟爸爸你傳外遇的女生，沒有一個比媽媽美麗，但是她們有學歷，雖然也沒有厲害到多高的文憑，但隨隨便便一個高中、專科證書都可以打敗媽媽的小學畢業。那個跟你傳最久的緋聞的女生的情書，還是用英文寫的。

我會知道，是因為媽媽拿給我看，雖然很不想看，因為我是這麼努力維護你在我心中的形象。以當時我國中英文程度，其實覺得那情書寫得並不怎麼樣，文法還有很多問題。當時我應該告訴媽媽的，也許她聽了以後心裡會舒服些。但是，我也生氣她讓我知道這麼多。所以當時，我只是安靜地讀著……

你破了，我心中最美好的那一塊也就毀了。後來，我花了很多很多努力修補。

計程車開到了那家非常老舊的醫院，雖然名為醫院，其實也就是診所的規模。媽媽說，小時候我常常生病，當時真的沒有什麼錢，光是要看病，就得搭公車。這樣來來回回，錢都快花得差不多了，可是病情卻沒有起色。最後一次下公車，她捧著懷抱裡燒燙燙的我，看著天說：「上帝啊！如果祢要帶走她，就現在帶走吧！她這樣反反覆覆，這麼小的身軀一定很痛苦，我們也已經快要沒有能力負擔醫藥費。」就在那時候，路人告訴她，可以去這家醫院。很神奇地，我還真的就好了。

老醫師看到我的臉，還是嚇了一跳，不過我已經開始習慣了。因為水痘長得太密，尤其是臉上及上半身，我只剩下臀部比較稀疏一點的地方可以打針，他們也很小心，希望不要弄破水痘，就怕日後容易留疤。

接著，開始了漫長的癒合期，水痘多到很容易被衣物刮破，在家裡媽媽給我穿上你的寬鬆露肩背心，長度剛剛好到大腿一半，沒有月經的日子，連內褲都不用穿了。最大的水泡全都在臉上，還有幾顆已經破了。長滿水痘的臉腫到，眼睛視線往下瞄就可以看到自己臉頰上那些突起的水痘。

記得有天早上，偷偷聽到你們在廚房的對話。「就算花很多錢去整型，也要把她的臉弄好。」你說。

「我們有一個保險不是快到期了嗎？應該可以有一些錢，我聽說台中那邊有個醫生很厲害。」媽媽接著說。

從那時候起，我決定不要照鏡子了。

原本一個禮拜就會好的水痘，陪伴了我整個暑假。回到學校的時候，還有很多痂才剛收乾，沒有掉落。宿舍裡很多同學也都被我嚇到，或是不太敢親近我。

終於，所有痂都掉光了，臉上留下一些坑疤還有大大小小的黑點。那個星期五，從學校坐公車到台中火車站，要準備前往干城車站搭公車回水里，經過台中第一廣場的時候，被路上賣保養品的阿姨給攔下來：「妹妹！唉呦～～妳的臉怎麼這麼恐怖？妳一定是沒有好好保養。來，阿姨跟妳說……」

就這樣，我被帶進去一個服裝店裡面的一張像理容院洗髮的床上，阿姨很溫柔地幫我清粉刺，開始用保養品，一邊弄一邊碎碎唸並且告訴我有哪些產品保證有效。最後，我得付八千元買下保養品和後面幾次的調理課程。我先給兩千元押金。之後，再回去付其他的金額就可以拿到保養品。

我填著像簽賣身契一樣的基本資料。自己守了那麼多年的兩千元，就幾分鐘的時間，交出去了。

回到山上，又聽到你們在討論我的臉的事情，我說：「只要花八千元就可以治好我的臉，你們不用花大錢帶我去找整型醫師。我用自己存的錢就可以了。」

星期天要回學校，你說你剛好要去台中開會，跟我一起坐公車回台中，讓我帶你去那家店。一進去，你要我在門口等，你很嚴肅地跟他們談著，不時往我這邊張望，深怕我聽到你們的對話。最後，阿姨把一千元退給你，你在她面前把當時我簽的紙張給撕了。你似乎是生氣的，路上沒有講太多。

雖然我不在現場，但就隔著門口，仍清楚聽見妳為我爭取：「她已經夠慘了，妳們還忍心騙孩子的錢。妳賺這個不會心虛嗎？」

「我們還是去找正統的醫生吧！」你看著我。

我查過了，那種除疤的手術，在那個年代，十幾二十萬跑不掉。所以我馬上說：「我覺得我這樣還好！反正我本來就不是要靠臉吃飯的。我是靠頭腦的！」我用力擠出笑容。

你拗不過我，最後我們沒有去看醫生了。

現在想想，星期天台中哪有什麼會要開，你是專程來救我的。

決定不治療，就要勇敢面對。可是，其實我變得畏縮了。尤其在開始男女合班的狀態，資優班的男生又特別多，我的心理很是自卑。這些爸爸你都感受得出來。

那天我們一起帶完教會主日學，回家路上，你說：「寒假去參加救國團好嗎？我已經幫妳報名了！高中就是要參加啊！爸爸以前專門在帶溪阿縱走的！不過，這次讓妳爬玉山！我相信妳可以！而且可以看到雪！」

我其實沒有那麼想參加。

又過了幾個禮拜後，在一個成人禮拜結束後的下午，國中那邊來了台北東方工商的排球隊要跟山上學校球隊友誼賽。你說：「等下我是裁判，來看比賽，不要一直待在家裡，會悶出病喔。」

我鑽進人群堆裡的最角落，彷彿就沒有人會注意到我臉上的坑坑疤疤。中場休息，我走過去跟你說話：「新聞說，玉山火災，那我應該不用參加吧！」

「我知道，所以我已經幫妳改成爬大雪山。」你說。

「一定要嗎？」我問。

「參加一次，妳心胸會更開闊，會認識不一樣的人，突然成長。像今天，大家一定都大開眼界，原來台北的人比我們還會打排球。」說完，你又回場中當裁判。

我在一旁認真地看球賽，他們真的很厲害。看著看著，有一名男生吸引了我的注意。他並不是眾人的焦點，但是我覺得他很帥。最後我們輸了，人群開始散場。我衝過去找你：「爸！你幫我問那個男生叫什麼名字？就是穿九號球衣那個。」

你還真的就跑去攔住他，再回頭來告訴我：「〇〇〇，這是他的名字。」

到現在是真的想不起他叫什麼名字。不過你這個父親還挺酷的，因為你告訴我他的名字之後，就說：「那麼，大雪山要參加了喔。」

那是我第一次、也是唯一的一次請你幫我問男生的名字，比起這件事，你的反應更讓我覺得有趣，我笑著看你離開，之後也沒有去找那個男生，在散步回家的路上，我已經記不得他的名字了。

現在想想，你是認真的，連希望我二十四小時在家受她掌控、最好哪裡都別去的媽媽，也陪著你去選我的第一件羽絨外套和登山鞋。

參加救國團的第一天，發現原來自己是年紀最小的。在選副大隊長的時候，被組員推派出去，我沒想到會高票當選，幽默搞笑的領隊兄事後補充：「其實我是在為自己選押寨夫人，跟大隊長一點關係都沒有。」

歡樂聲中，因為當選副大隊長，整個營隊都認識我了，很多人很主動來恭喜、聊天。

「妳笑起來好像明星〇〇〇」一個陽光大男孩跑過來跟我說。

當下我想不起來他說的那個明星，因為陽光大男孩長得就像那個你幫我問、而我很快就忘記的那個名字的人。

我是呆掉了，但心頭是粉紅色蝴蝶紛飛。「他說我像某個明星，應該是讚美的意思吧！可以是讚美的意思吧！就當他是讚美的意思吧！」好了！雖然很想知道是哪個明星，但決定還是不要問是好了。

在歡樂聲、愉悅氣氛中，很自然地放開自己，完全忘了我的自卑。除了在武陵農場之前，登山的那幾天都沒有洗澡、也不用洗臉。唯一一次清潔臉部，是在七卡山莊，早上起床之後，用防曬油抹在臉上，不知道是抹太多還是累積太多天的臉出油，總之，抹完覺得太厚了，用衛生紙擦，衛生紙沾滿咖啡色的油。我髒得很自在！很快樂！

每一天都很快樂！領隊有用不完的笑料！我笑到在七卡山莊的那晚的睡前娛樂活動，居然有人就地模仿我笑的樣子。每一天都認識不一樣的人，大部分都是大學生或是剛出社會的新鮮人。我也交到了很多好朋友，包括一位住在汐止的酷酷台北姊姊。

當然，也有很多時候是在沉澱、跟自己對話。尤其是辛苦地背背包、趕山路的時候。低頭看著你們買給我的登山鞋踩著冰冷的碎石路，一步、一步……領隊兄一直提醒著要保持一定步調，空氣慢慢變冷，我開始看得到自己呼出的氣體，接著腳踩著的不再是石子路，而是像烏梅冰沙般的泥濘。

我抬起頭來，旁邊的杜鵑叢、箭竹都披滿了霜。我的第一次！這一切太美了！像夢一樣！謝謝你！爸爸。我突然充滿動力，行進間，還必須脫下你們幫我買的羽絨外套、綁在腰際。身體是暖的，流出的汗在停下來時候，很快就結冰，我希望汗水能直接蒸發。

很快的，烏梅冰沙變成薄冰、變成白雪，我們正式進入雪的世界。我好激動！好興奮！好享受！

不過，那幾天都沒有看到那個陽光男孩。後來下山的時候，才知道因為腳受傷他卡在七卡山莊。往回走的雪地裡，又跟他們碰頭了。

他朝著我走過來。心臟噗通噗通地跳，你說過要大方的，我看著他說：「是你嗎？」

「我們認識嗎？應該沒有吧？」男孩說。

「你讀東方工商嗎？」我接著問。

「不是！我是高雄人。」男孩回。

我們後來有聊了一些，對喜歡的人我會很害羞，不過我們有合照。還互留聯絡方式。這一次，我有把名字記下來。

救國團還有一個令人難忘的東西，就是歌。我們每天都在學新的歌、都在唱歌、跳舞。只要一把吉他，音樂就搞定了。我最喜歡的歌是《雪山之戀》和《第一支舞》，我知道你喜歡《大海邊》。小時候，你牽著我的手散步時，最喜歡唱這首歌，尤其在日月潭的步道上走的時候，那是你和媽媽的愛情最美好開始的地方。

大雪山之行後，大家的第一次聚會，就約在台北火車站附近凱撒大飯店門口集合，但他並沒有來。我是第一次獨自北上，就像個鄉巴佬一樣不斷注視著裡面的、來來往往的人，心裡想著：「是多麼高級的人才能如此自在地在裡面進進出出啊？那個女生優雅地坐著……這一家人好有愛！先擁抱、再坐下聊天……多麼特別、高貴的地方啊。」

那時候覺得首都台北好……遙遠！各個方面都是。

那時候也問自己：「以後有沒有能力可以像裡面的人一樣自在、從容、優雅……的進出這麼高級的地方啊？」

過了這麼多年，又想起來當時隔著玻璃望著裡面人的心情。臉上的坑坑疤疤，還是沒有接受治療，但我也慢慢學會接受與共存，歲月倒是讓它們淡化多了。

＊＊＊＊＊＊

揮別那個充滿記憶的玻璃窗，搖下計程車窗，今晚跟我一起吹風吧！剛剛唱得很開心，微醺！謝謝爸爸你安排的大雪山之行，我認識很多新的人事務、體驗到這世界不可量測的遼闊、心胸也自然地打開，學會不去自卑、找到不會受外界所影響的自我肯定、自在、謙卑。

後來呢？那個大男孩？

他有約我和台北酷姊姊南下。那也是我第一次自己去高雄。我穿著山上夜市買的「應該算很流行的白鞋」，原來他也穿一樣的，那也是我第一次知道有「名牌」這件事情，他那雙可以買幾十雙我的。

那一次我也見識到大飯店的自助餐我平常吃的自助餐是非常不一樣的；原來一個人的房間可以那麼大；衣櫥裡面可以一整排都是一樣顏色的襯衫、有專人幫忙送洗；原來一個家族可以擁有餐廳、飯店等等很多事業。是啊！我們就住在他家人開的飯店。

他和死黨帶我們去海邊。我害怕他們看到我粗粗厚厚的布農腳掌和小腿，在酷熱的旗津海灘，我還是硬穿著當時流行的夜市牛仔AB褲和白鞋。

第一次的高雄之旅，讓我見識到自己和他有多麼遙遠。好不自在。遠遠欣賞他就好了。

再後來，準備原住民醫學生的保送甄試，又再度跟他聯繫，他和死黨都變成熟了，他們看著我漾著笑臉，彷彿在說：「那個救國團的小妹妹長大了。」

我又住進他家的飯店，他們騎機車接送我考試。那年我是全台第一名。不過，後來我放棄那個名額，想再考大學聯考看看自己會不會有更好的表現。

他一直告訴我：「我叔叔好驕傲喔！榜首住在他們飯店！他們飯店出醫生耶！」

後來，透過臉書，我們又再度聯繫上了。

現在的我，很自在。謝謝你！爸！你好有智慧！

給我一個可以裝魚的東西

沒有值班的時候，如果要在住家附近處理一些事情，我很喜歡用散步的，尤其可以經過磺溪旁邊的步道，只因為可以看溪水。

每每看到裡面可能會有魚的水，總會有股想要下水的衝動。

磺溪其實不算很清澈，在橋下還是可以看到商家排放廢水匯入溪水中——沿著像巨型黑灰色棉花般的蕈苔注入溪水裡，溪水隱約透著明亮的土黃色，也許在更上方還有其他的化學物質注入，魚兒已是罕見，至於倚在橋邊垂釣的人影更是了無蹤跡，但這是附近居民很愛散步或慢跑的路徑。

而我，喜歡在這邊跟自己，還有跟爸爸你約會。那張從天母西路數來第二個的板凳上刻有爸爸你的名字——不過只有用心才看得到。我知道，你這麼愛我，一定看得到！

才想著會不會看到上次那隻在溪流裡悠哉游泳的大烏龜，就發現牠大剌剌地趴在石頭上做日光浴，啊！不只牠，牠還有很多伙伴耶！

真的很喜歡看到溪流、湖水，還有海……會很直覺地反射去想：裡面會不會有魚、蝦，或是蟹？

小時候，爸爸你常帶我和哥哥去溪流裡玩，我喜歡黏著你，但我又小、又愛哭，你總會先選一塊比較安全又可以讓我玩水的地方，把我放那邊，讓我慢慢探索。那時候，隨便翻開一個石頭，就會有小魚小蟹小蝦到處亂竄……我一個人就可以玩得很愉快。

還記得有一次你發現了一堆剛孵化的小魚，就順手把斜背在我胸口的水壺裡的水倒掉，舀起河水，把那群小魚裝進去。再把水壺掛在我胸口說：「妳要好好照顧牠們喔！」

我很認真地點點頭動也不動地站在河邊等你和哥哥。

後來，你還是常常帶我們去河邊，有時候也會到朋友的魚池抓魚。你和同事還有家人們也偶爾會約在朋友的魚池邊烤肉和捕魚，而我都是在一旁淺淺的地方抓小魚小蝦。

因為你，我愛上了魚和水。

再後來，你買了水族箱給我。前前後後我們養了各式各樣的魚。

年紀稍大後天真地以為已經很會抓魚的我，還曾經為了抓魚，在學鋼琴的路上，偷偷跑去溪邊，結果被碎玻璃割傷腳底；也曾經貿然過河，卻因為牛仔吊帶褲不斷吸水而被困在河中央。

喜歡水和抓魚，後來卻變成我的罩門。

大學時期第一個約我出去的男生，原本是帶我這鄉巴佬來個西門町初體驗，發現我看到魚缸和水很興奮，就直接帶我到北海岸了。一看到海，我馬上脫下鞋子，把裙子拉到大腿上、綁起來，很認真地跟他說：「幫我找一個裝魚的東西！」然後直奔海水，而男孩還是很認真地幫我找可以裝的東西。

海邊漫步、情話綿綿……是後來看電影才知道應有的海邊約會步驟。那天確實是約會了，但對象是大海，大海給我好多的驚喜——浪花、貝殼、魚、蝦、蟹……夕陽慢慢沉落海平面的另一端，這一切是中央山脈裡沒有的。

非常珍惜我和大海的第一次親密接觸，一直到天色昏暗，才依依不捨讓那個男生載我回宿舍。

直到現在，還是很喜歡到野柳、石門洞、北海岸……特別是石門洞，因為那是我知道最多、最容易抓到海洋生物的地方。

住在美國的時候，我們就住在海邊，可是加州的陽光只能放在歌曲裡溫暖，加州的夏天是台灣的秋天，加州的海水，四季冰冷，我實在無法了解為什麼那些人、尤其好萊塢明星可以只穿比基尼在加州海灘，後來我知道了，大多時候他們是穿著比基尼在沙灘上曬太陽。

對抗產後憂鬱和水土不服，小比勇滿月後，我開始每天帶他出去玩，他從害怕沙子到每天迫不及待要我帶出去玩。

幼小的他還不懂得什麼是危險的，所以，大部分時間我都在保護他、用他的方式玩耍、跟他一起玩。他真的很會玩！很愛玩！我也跟著放下身段了。出門時的情景是，他不穿鞋，我背著我們小生活用品、水、點心、玩具……把他放在小車車上，他假裝開車，其實是我在後面推他；回家的時候，兩個人濕濕黏黏，從頭到腳都有沙子，他還是光腳坐他的小車車，我也索性光腳推著他走回家，拎著我的鞋，還不太會說話的他會開心地搖搖頭、哼著自己的音樂。

如果先生放假陪我們，我就會要一點自己的時間。

L.A.順著海灘，有好幾個城鎮，Hermosa Beach是那時候的家，西班牙裔朋友說Hermosa是美麗的意思，我深以為然。這裡的海真的很美，而且很適合衝浪，每天都有人在海邊衝浪、釣魚。

每個城鎮都有一個獨特的Pier。那時候每天一定會跟小比勇在Pier上散步、玩耍。卻很少用自己的方式細細感受。那天，我拋開他們父子走到Pier最遠端，如往常地許多人在這兒釣魚，我倚在欄杆上，望向無盡的大海，這邊離遊客多的海灘有一段距離，空氣乾淨到都可以感覺海洋的呼吸。

低頭發現欄杆的另一邊有幾隻海鷗休息著，而海鷗的旁邊有一搓草。我無法相信自己的眼睛，是「吼度」（布農語的龍葵），是爸爸你最愛的原住民野菜，每餐飯只要有吼度湯，你就心滿意足。

閉上眼睛，頭仰向天空，我心中默想，爸爸你來過吧？不！你一直都在！因為你真的很喜歡美國啊！

還記得儘管那時候癌細胞已經到處轉移，還是排除萬難讓愛旅行的你可以去一看思慕已久的大峽谷。旅行當中回到那時候的美國住家，晚餐後我們兩個坐在游泳池旁欣賞亞利桑那絕美的夕陽。

「我想要退休！搬過來美國。」還記得當時爸爸你滿是憧憬地說。

「好！那我要考美國醫師執照，就可以在這邊工作了。那你要做什麼？」你起頭，我認真地規畫起。

「我可以當警衛啊！孫子們大一點也可以過來讀書，我送他們上下學。」你也認真地想著。

「好！」我說。語畢，我們兩個面帶微笑對看著。

後來我真的考過美國醫師執照，還是台灣第一個考過美國醫師執照的原住民醫師，可是爸爸你卻失約了。不過，沒關係！我原諒你！因為我太愛你了！

Hermosa pier上的吼度是你種的喔！

當時先生在考慮是否接受公司調度來搬到加州的時候，我還沒有懷孕，有一次陪先生去加州開會，晚上在一個酒吧約會，當一切都很輕鬆美好的時候，我與先生兩人的視線都停留在一位老先生的身上，我們很有默契地摒住呼吸，深怕一呼吸，眼前的一切就變了。

我們一起目送那位老先生離開酒吧，直到酒吧門關上。因為那名老先生他，好像爸爸你！連穿衣的模式、帽子……都像你。我下意識想多看幾眼，於是還是忍不住起身衝出去，但就再找不到那名老先生。

走回先生身邊，我隨即跟他說：「Yes! Let's move to California!」（好！我們搬過來加州）。

後來，在Hermosa Beach發現好幾處有吼度的地方。

有一次退潮，先生陪小比勇在沙灘上玩，我走到Hermosa pier下，橋下的每根柱子上都有大貝殼和其他寄居生物附著，我輕輕地觸碰著、觀察著、感受著；在沙蟹的繁殖季節，每一次浪潮帶上岸的是成千上萬的沙蟹寶寶，潮水一退，牠們奮力地鑽進沙灘裡；貝殼產寶寶的季節，浪花則湧上成千上萬五顏六色的貝殼寶寶，海鳥熟練地等待啄食。

如果有機會跟自己約會，特別喜歡一個人在Hermosa Beach的一個小小咖啡店Java Cafe讀書，喜歡戴上耳機，讓音樂把我圍繞自成另外一個時空。

《好久不見》是我想你的時候的歌，就像這歌詞一樣，閉上眼睛，總會幻想著，你會不會真的突然出現。

有一天，聽完這首歌，我睜開眼睛。眼前突然出現一位不認識的拉丁美洲青年……I just want to tell you that you are so beautiful！」

我嚇到了，沒有多作回應。但是心裡是甜甜的。

然後，他離開了……

耳邊又傳來《好久不見》的旋律。

＊＊＊＊＊＊

爸爸，是你吧！你派了一位天使跟我打招呼，你一直都在。

二〇一六年五月十八日，這天我印象深刻。先生的生意失敗，我先帶著小比勇和十幾個行李箱匆匆上飛機，我們重新回到台灣生活。在小比勇面前表現很堅強和溫柔的我，在高空中的飛機上突然很想很想爸爸你，想著如果爸爸你在，一定會鼓勵我。

二〇一八年，我因耳鳴發現腦中有顆動脈瘤而開刀。手術結束，我在神經外科加護病房醒過來，腦動脈瘤栓塞手術成功。那之前，我真的好害怕，不斷在心中禱告，也在心中跟爸爸你對話，希望自己可以勇敢，希望你可以鼓勵我、安慰我，告訴我不要害怕、一切都會很順利的。我看著自己的監視器，才發現原來今天也是五月十八日。

這刻，我知道是爸爸你，你一直眷顧著我、呵護我。

******

二〇一六年我與先生回到台灣的第一個夏天，當然就帶著小比勇到石門洞。他比較喜歡玩水和蓋城堡；我一樣有機會就翻翻石頭，抓抓小生物，現在我都自己準備裝魚的容器。不過比起石門洞，他們父子倆更喜歡白沙灣，當他們快樂地衝浪的時候，我還是可以到旁邊河流匯入海水的淺灘抓到一堆的魚蝦蟹。

現在的暑假，我們會回美國陪家人，還有讓小比勇盡情的玩。行程中一定有一段時間，要住在先生佛羅里達朋友的海邊度假屋。每天我們就是八點左右就到海邊，一直玩到傍晚五點。

他們父子倆主要的行程就是衝浪和蓋很大的沙堡。在這邊，我真的是海女了！貝殼潮來的時候，我可以撈一整籃的、五顏六色的貝殼寶寶。漲潮的時候，我帶著漁網，在潮水相接觸像打網球底拍這樣一揮，就可以撈到魚，不可思議吧！旁邊來度假的外國媽媽們也跟著學，遠看我們真的很像在浪花裡打網球。小比勇很想學，可是沒有耐心，心急時又覺得很受挫，所以我偶而會趁小比勇不注意的時候，把魚兒放到他的網子裡。

如果沒有人阻止，我應該可以撈一整天。

為了這些魚兒，我還買了給氧機，讓牠們還可以活蹦亂跳地再被野放回大海裡。

明年的暑假，我已經規畫要買專業一點的漁網，上次我揮斷了兩個，大自然的力量強大，在潮水中逆流揮拍很費力的；還有鏟子也是個不錯的主意，在退潮的時候，說不定可以挖到一些很特別的東西。

是不是跟爸爸你以前很像？有一陣子我們家養了幾十隻的鳥，你和媽媽自己搭起了人都可以走進去的鳥籠，把樹啊、花、草……都放進去。我們還去抓了一堆蚱蜢給他們，我也學會怎麼養鳥，如何抓蚱蜢。

第一次陪先生在亞利桑那州打高爾夫，不小心發現蚱蜢的蹤跡，我的本能被激發，馬上抓了幾隻。

先生揮竿完走向坐在高爾夫球車上等他的我：「What's in your hand?」（你手裡是什麼？）

我把手打開，蚱蜢就這樣飛出去了。

他傻眼了。

後來，兒時家中改養松鼠，我們家裡全盛時期有超過三十隻松鼠。

這讓我想起，在美國的公園裡，還滿多松鼠的。

有天，我從超市回家，扛了一大袋的花生米。先生問：「That's way too

much peanuts for us to eat?」

之後每次跟小比勇去公園的時候，我就會帶一些，松鼠很自然地就變成我們的朋友了。

經過這麼久，我對可能有魚蝦蟹的水域還是很有感覺，還是有股衝動想要尋找接近它的方式。

胸前斜背的包包，好似那時候你掛在我胸前的水壺。

「妳要好好照顧牠們喔！」你說。

我很認真地點點頭，動也不動地站在河邊等你和哥哥。

胸口彷彿可以感受水壺裡小魚兒游水所產生出來的震動，提醒著我們的承諾——「我會一直都在妳的心裡」。

我還沒有準備好

這是她第一次為先生簽下「拒絕急救同意書」，也很有可能是最後一次，雙手不知所措地顫抖著……

一切來得太突然。

一一九在運送的路上已經先行通知我們準備接手一位意識不清的中年男性。剛好有空檔，我戴上手套跟護理師直接到門口接他，邊推床、邊評估……和三重金城武——爸爸你見過的，他是位很認真、我非常尊敬的護理師——相視一眼、我們幾乎是立刻就達成共識——「應該是acute ICH」。（註：Acute Intracranial Hemorrhage「急性顱內出血、急性腦出血」）

團隊用最快的速度給氧氣、上點滴、測血糖、抽血……三重金城武直接將急救設備及監視器擺在患者的床尾，幾個護理師推著他直奔電腦斷層室。

「如果是，回來就直接推急救室插管！」在三重金城武轉身前，我叮囑著。戴著口罩的金城武堅定眼神迅速對著我眨一下。這時候患者的太太急急地趕來了，我告知狀況不太樂觀，她含著淚點點頭，拿出一張紙：「他是癌症第四期……他平常都在〇〇醫院看病。」

原本想要積極搶救、為他全心全意努力一場的動力突然轉了個大彎、洩了氣。

「所以妳知道癌症第四期的意思嗎？」我問。

她猶豫了一會兒：「好像是很不好的情況，可是……」

「癌症分四期，第四期就是末期！末期通常癌細胞都已經轉移出去其他的地方，多半都不太能治療，所以醫生有說過已經轉移到腦了嗎？那你們之前有討論過急救嗎？還是安寧治療？」（註：腦部的惡性腫瘤多半是轉移而來的，少數才是直接從腦部發生的原位癌，且腦部的原位癌通常發生在較年輕的個體。）

她雙眼開始泛淚：「可是他剛剛還好好的，我們正在吃晚餐，他突然眼睛往上看，就昏過去了……」輕輕拍她的肩，雖然知道這安慰力太弱了，但我需要繼續專注診斷和可能會需要的急救，她整個人開始顫抖著啜泣。

電腦斷層回來確定是大片腦出血，我衝進急救室：「是cancer terminal stage with brain meta，ＩＣＨ是brain tumor bleeding造成的。」請他們先暫緩準備插管急救的動作。（註：cancer terminal stage with brain meta, metastasis的縮詞——癌症末期合併腦部轉移；brain tumor bleeding——腦部腫瘤出血；ＩＣＨ——顱內出血、腦出血）

所以，應該是腦部的腫瘤破裂放肆地大出血，腦整個腫脹，直接往下壓迫到腦幹，導致他的昏迷。我必須趕快告知她這不幸的消息，並試著了解她的想法。

「沒有……我們沒有討論過要不要急救。」滾滾淚珠直接從雙眼滑下泛紅的臉頰。

「我該怎麼辦？」她無助地看著我。

我盡可能地用最容易懂的方式解釋，最後她決定不要急救。

在聯絡神經外科之後，被指示先收住加護病房。就在快要辦好住院的時候，最美麗的助理東東看著我：「確定要在加護病房？」

是啊！為什麼要住在加護病房呢？趕緊拉住患者的太太：「如果放在加護病房，你們能陪他的時間就更少了！我不確定他還有多少時間，但是如果是我的話……我想要在病房裡一直牽著他的手，跟愛著他的家人一起陪他到最後，妳覺得呢？」

她馬上同意。我們用最快的速度給他找一間單人房。

當他們準備推他上病房的時候，她哭紅著的雙眼透露著忐忑和無助，她說：「知道會走到這一步，沒想到就是現在。可以讓時間靜止嗎？我其實還沒有準備好！一點都沒有……」

我忍不住衝上前去給她一個擁抱，她的淚水直接滴在我的醫師袍上。

抱著她還是無法把嚴肅的醫療面具脫下來跟她說：「請原諒我跳脫專業，給了妳我私人的想法。我不是神，無法確切知道還有多少時間；但是，如果是我，如果時間所剩不多了，真的只想陪在他身邊、一直握著他的手，把還沒有說夠的愛，全部說完！直到……最後一個心跳結束。」

爸爸你知道嗎？你最後的心電圖，我還留著；其實，你所有的報告，我都留著，只是沒有勇氣把它們一個一個翻出來看。

從發現你得癌症之後，我發誓我用盡所有努力去珍惜我們兩個能夠相處的所有時間，但怎麼樣都覺得不夠！真的不夠！你的最後一夜，我從你的病房的家屬躺椅上睡醒，盥洗一下，下來急診準備上夜班，同事陳醫師突然出現：「妳上去吧。」

雖然爸爸你總是教我「寧可別人虧欠自己、也不可以虧欠別人」猶豫了一會兒了，我還是很不客氣地答應了，脫下醫師袍，走到陳醫師面前，看著他的雙眼說：「謝謝！」轉身衝回你的病房。

那一夜的你真的不太一樣。兩天前，你還坐起來面對窗口，看著遠方說：「妳看！天堂！」

難道真的要發生了嗎？

很努力把婚禮改到醫院，不能撐到那天嗎？如果真的不能，我不會怪爸爸你的！只是，到這個時候，還是很想要有奇蹟——總希望很久以後的有一天，我可以跟病患及家屬說：「不要害怕膽囊癌，我父親五十九歲的時候得到這個病，現在他已經九十歲了……」

我徹夜未眠。

你的每一個呼吸，我都用心去聽、去感受、去記得。躺在你身邊，閉上眼，在心中細數著過去我們所有的回憶，我輕輕地、在心中跟你對話：「爸爸你記得嗎？五歲那個晚上我哭著叫爸爸……還有，你記得嗎？有一次……」，想著說著，我很不勇敢地在你的病房裡視線模糊了，黑暗中，微弱的床頭燈整個渲開。

是我自己決定的、是我自己要求自己的，就是在你生病之後，絕對不要在你面前掉一滴淚，你知道我是愛哭的，尤其是在最愛我的你的面前，毫不隱藏！你是全世界最會安慰我、逗我、讓我破涕而笑的人。

隔天早上，他們幫你擦澡之後，就給你罩上氧氣面罩、接上心電圖監視器。我站在你床邊，握著你的手。記得嗎？小時候，晚飯後，你會牽著我的手，帶我看星星，當時，我覺得人有永遠，因為我想要永遠被這樣愛著；也是你的手，牽著我的手，告訴我史懷哲的故事，所以我從小就立志想當醫生；還是你的手，牽著我的手，在我哭著回來你身邊說：「原來不是每個人都可以像史懷哲那樣做那麼多、救那麼多人……」的時候，安慰我。

你的心跳越來越快……我是急診醫師，有時候，病人死的進來，我都可以救回來，然後他走著出院。看著心電圖監視器上顯示你的心跳，有股衝動，也許我可以急救、CPR、電擊、插管、接上呼吸器、用藥物維持你的血壓，可是你會醒過來嗎？可是你不會醒過來……

忽然間，你的心跳變慢，然後變成一直線。我的膝蓋重重地摔在地上，彷彿摔入另一個抽離的空間，不是人的，但是也不是你的……身邊的人都變成慢動作、無聲地……但牆上時鐘的秒針繼續前進……我卻聽得到緩慢的「滴、答、滴、答……」還是那其實是我的心跳……

眼前的一切太不真實了！

是不是可以有誰能告訴我？這場惡夢快要醒了？其實爸爸你沒有生病！又或者這是夢，「準備好了，我可以醒過來了，隨時都可以把我叫醒……沒問題的！不會打擾的！不會！可是沒有人把我叫醒。起身看你，你靜止了，你模糊了……」

從病房送到往生室，再由往生室的電梯上到那個特別的出口，由在那邊等著的靈車送爸爸你。那時候，我去辦理一些手續，也在那個出口等爸爸你，由急診的救護車送你回家。

雲英姑媽那時候趕過來，拿著手帕拭淚：「茂盛啊！我遲到了！我真的不知道會這麼快！」

他們把你推進救護車上，頭先進去，我站在你的腳邊，握住你的腳，慢慢地低下頭，親吻你的腳。後續是媽媽她們跟你一起坐救護車回家；收拾、善後，我則搭高鐵回去。

當時我坐在第六節車廂，想你。這是你的車廂，每次你需要出遠門，我一定會幫你訂的位置。

＊＊＊＊＊＊＊

高中的時候，有個週末，你說：「我看了一本書，裡面寫到：『人死亡之後，靈魂還是往前進，繼續做的他原本正做的事情。』」你愛看書，也喜歡跟我分享。

「那祂們看得到我們嗎？還是可能是兩個重疊或平行的空間？」雖然心裡開始毛毛的，但我還忍不住好奇問。

「應該是還不知道自己已經死亡了，所以繼續前進著。那麼祂們的感受的什麼？後面會怎麼樣？就不確定了。」

「爸爸，不要說了！我突然有點害怕！」我緊靠著你的手臂。

你笑著：「不要害怕！人本來就會有生老病死。」

你接著說：「從前有兩個好朋友，他們太想要知道死後的世界到底是怎麼樣，所以決定一個人先死，然後回來告訴另外一個人。」

「然後呢？他們真的有一個去死嗎？」我問。

你點點頭：「對！可是並沒有回來告訴他的朋友是怎麼回事。」

「那太……怎麼可以為了要知道死後的世界，就這樣……」我覺得好可惜。所以，你會回來跟我聯繫嗎？還是就像你最後說的話一樣？

後來，重重的嗎啡、鎮定劑，還有你惡化的病情……你已經不太說話了。

在你快要離開的前兩天，你靜靜地、虛弱地坐在床邊，眼神似有若無地看著窗外。突然間，你開口：「妳看！天堂！很美！」

我將頭輕輕倚在你的肩膀上，你生病之後，都沒有機會對你撒嬌：「可以跟我說有多美嗎？」

「美得無法形容！妳要把自己的人生走好！就會看到。」

那是你說的最後一句話。

我會很認真地把自己的人生走好！

只是……我還是會，很想很想你……

亂

今天吃完晚餐，從休息室出來，一位才剛剛要看診的病患突然全身僵硬、發黑、失去意識，在我們眼前猝死了。院內一名很優秀的護理師——北投黃曉明，他優先衝上去CPR，大夥兒自動湧上來幫忙，三重金城武作領頭羊，指揮大家推病患到急救室，奔跑中北投黃曉明持續CPR。

一進到急救室，另一名也很優秀的護理師石牌蔡依林熟練地直接將電極板往病患身上貼，監視器上馬上出現致命性心律不整。「Clear」一喊，電擊成功。緊接著繼續CPR、給藥，不到二分鐘，病患馬上就回復心跳！

看著跟我有一樣深色的皮膚，還有一雙非常深邃大眼的病患，我沒有說些我平常會說的：「你還好嗎？你叫什麼名字？手腳動一下。」「好！剛剛你等於是暫時停止呼吸心跳、猝死了，我們剛剛有幫你急救，很高興你回來了！」「你一定很累！你目前看起來是因為什麼什麼原因……接下我們要怎樣怎樣……」

我居然下意識地說：「你醒了！我Bunun（布農族）。」

剛從死神那邊繞一圈又被我們奮力拉回來的他，虛弱地說：「Truku（太魯閣族）！」

很好！也算是意識清楚的！

他是一位很年輕的心臟衰竭病患，已經等待換心一年多了，心臟功能越來越差，但是還沒等到心臟。今天因為不舒服，從東南沿海北上。

很慶幸在北上火車上沒有發生意外。

很慶幸猝死發生的現場是在醫院。

很慶幸他活過來了。

很慶幸我能和這群願意全心全意為病患努力的護理師們一起工作。

當我走出急救室，跟他太太說：「他活過來了！妳可以進去了！」之後。她馬上衝進去急救室，帶著淚水的笑容看著深愛的枕邊人、親吻他的額頭，這是今天最美麗的畫面！而我感到異常地興奮！我的醫院，可以說是台灣第一品牌的心臟醫學中心，但是這是我第一次，急救原住民同胞，死而復生，超級開心！原住民同胞也可以接受到台灣第一品牌的心臟醫學中心照護。

擔心他又再一次發生猝死，我們架著急救器材、監視器、氧氣鋼瓶，護送他到心臟加護病房。他的妻子在一旁慌亂不已。

下班之後，到醫院便利商店買小比勇每天上學都要帶的香蕉，剛好又遇到那位病患的妻子，我主動上前打招呼：「我是剛剛在急診室的醫師。」

「喔！所以我先生他現在怎麼辦？有沒有生命危險？我什麼時候可以再看到他？剛剛到底是……」好多好多的問題！可是這些問題在急診室或是加護病房其實都解說過了，她是真的想要問嗎？還是……反正已經下班了，沒有時間壓力，我一個問題、一個問題地，再一次、好好地回答她之後，輕輕拍她的肩：「剛剛那樣下來，心情一定很亂。妳應該餓了吧。先吃東西！把先生先交給加護病房的醫護人員，他們一定會好好照顧他的。妳也要把自己顧好，這樣才能照顧他。」不管是漢人、原住民、或是任何民族，當摯愛的家人生命出現危險，都很容易亂。即使看似處變不驚的醫護人員，也會。

＊＊＊＊＊＊

記得那時候也是這樣。

爸爸你生病之後，奶奶也首次被送入安養中心。對超級孝順的你而言，極度的不願意。即便奶奶後來失智，常常惹一些麻煩，在你心中她永遠是偉大的母親，對她不離不棄。

第一次發現轉移，奶奶同時在安養中心也出了狀況，被送到加護病房。那時我要照顧爸爸，又要去看奶奶，平常很少照顧奶奶的嬸嬸，這時猛打電話找你要錢，因為奶奶到了安養院之後，他們開始要共同負擔照護費用。

對於這些親戚的態度我是心寒的。尤其是我們並沒有說不要付，可這正當爸爸生病啊！還是要斤斤計較嗎？過去這幾十年來，都是爸爸你在照顧奶奶，那我們好好計較吧！我心裡確實是氣不過，於是打了通電話給嬸嬸說明爸爸的想法，同時也請她不要再打電話打擾病中的你了，總之我們一定會付錢的！帶著這股氣、心繫著生病的你，去看奶奶的時候，我竟然跟那邊加護病房的護理師起衝突，平時不會這樣的，尊重護理師是我上班的基本原則啊！

雖然事後有跟護理人員道歉，我還是十分懊惱自己到底怎麼了。

後來，我們一起從美國度假回來，一下飛機還是趕緊安排爸爸你到醫院做檢查，因為出國期間你有時會不舒服。

檢查當中，我還要回住處幫媽媽整理行李。爸爸你得知自己狀況還可以，小睡片刻之後，就帶著迫不及待回家看寶貝孫子及和親友分享旅遊心情趕第一班高鐵回去。

緊接著，我就連續上班了。那幾天時差一直沒調好，除了看病，還要帶外國實習醫師……每天到了下午，就會遭受時差猛烈攻擊。要不是病患多，危急病患也多，我大概會自動睡倒在休息室。

下班回到家，逼自己要吃水果，看著你最喜歡的《大老婆的反擊》。突然間會醒過來，訝異著自己為什麼躺在沙發上？電視播的是什麼節目？想不起來之前看到哪裡？手掌空空的，好像剛剛握過什麼，往前一看，地毯上有一顆被咬過兩口的蘋果。

好不容易撐到終於可以放假的時候，睡前喝了一杯紅酒，希望隔天可以睡到自然醒，可是凌晨來了一場地震，狠狠地把睡眠搞亂。整夜翻來覆去，到早上九點多，真的睡不太著了。一起身，就感到兩眼昏花，步伐沉重，勉強自己倚著牆壁，想讓不舒服過去。

突然間，感覺膝部撞到東西，眼鏡、鼻子和額頭發出「碰、碰、碰……」一聲。我躺在地上，用很不熟悉的視角看著天花板，回想剛剛發生什麼事情？為什麼躺在這裡？

痠痛開始由鼻梁、額頭、膝部、髖部……慢慢放大，還流鼻血了。我一手壓著流鼻血的那個鼻孔，另一手拿起掛在脖子上的異物，原來是被撞歪的眼鏡。不急著起身，我決定繼續呆呆地躺在涼涼的地板上，就這樣呆呆地……呆呆地……

突然，電話響起，哥哥告訴我你很不舒服，已經在送醫途中。

原本要帶著炫耀的心情，背著Zoe送給我的包包去星巴克喝咖啡，那個包包已經擺著好久了，一直都沒有時間去碰它。

想說，要喝咖啡，輕輕鬆鬆地完成工作上的文件、準備考試……過一個完全屬於自己的一天，重新整理心情和步調的。

還有，可以在我最喜歡的劉媽媽麵店吃東西，晚上本來還有一個歡送好朋友呂醫師的晚餐，在啤酒屋盡情吃喝。

原本是想要這樣的……

接完電話之後，回到房間，躺在床上發呆。開始想爸爸你可能是什麼狀況，要怎麼處理。

打給先生，結果他沒接，後來他打來，很可憐地被我胡亂罵了幾句，他了解我的壓力，很努力地安慰我……複雜的情緒讓我在電話這頭不斷落淚。

記得爸爸你被送到南基急診，因為第一家醫院沒醫師。剛好遇到我學長，在電話線上和他聯繫，最後決定把你轉過來。一路上的折騰，你真的很不舒服，看到你黃疸又跑出來了，我心裡更不好受，就在幫你安排掛號和檢查的時候，發現你皮夾可能掉在計程車裡，裡面有你所有證件，包括健保卡。

先交代護士幫你止痛、抽血、上點滴……我帶著緊緊壓著我的時差打給警廣、打給計程車行、找醫院警衛、到計程車排隊區胡亂繞了一圈……最後，先用自費幫你看病，然後再一通通地打給信用卡公司辦停卡。

和爸爸你一起在急診室小睡片刻、擺脫時差和所有不愉快之後……你的報告也陸續出來了。而我終於可以清醒地幫你做超音波，卻又發現新的轉移了，晴天霹靂！

就在要辦住院前，計程車司機打來，他敲了一筆車資和油錢，心力都放在你身上的我，只有讓他敲的份，只求所有證件回來就好。

終於住到病房，發現房間還有一些東西還沒準備好，電視也卡卡的……不過已經不太重要了，只要你接受治療、不要不舒服就好了，其他都不太重要了。

後來，擴散已經開始失控了，我獨自拿著爸爸你的片子去找北榮的李主任討論你的病情和治療方向。李主任把所有資料重新整理，我們一起仔細看了你最新的片子，卻發現最不希望看到的結果。

我頓時失去每次帶你看診時慣有的笑容。雖然知道它可能會發生，但真的要面對的時候，還是會招架不住。嘗試用深呼吸去緩和自己的情緒，最後還是忍不住在李主任和其他學弟妹面前落淚。李主任一直說話，我在一旁低頭拭淚：「可不可以不要用對醫師的方式來和我討論他的病情？這次，可以用對家屬的態度對我嗎？我真的很難過……」我望著面對電腦螢幕的他的背影。

「所以妳沒看見，我現在不敢看妳嗎？」李醫師說。

整個診間突然沉默下來……

李醫師：「現在要做什麼，就趕快去做！會怎麼樣，很難講。也許他會不一樣。」

我收起淚水強顏歡笑：「嗯！還要帶他去黃石公園。」

爸爸你之前才跟李醫師分享大峽谷旅遊的心情，還有獵到鹿的傳奇，整個診間都是歡笑聲。

他告訴你：「黃石公園更有意思！」

你聽了好心動。我還貼近你耳邊告訴你：「那我們要加油！下次換去黃石公園！」

只是，那一刻，我開始不敢想太久遠的未來，只想更小心翼翼地珍惜每一步，希望你不要承受太多苦痛。

走出診間，我的雙手抖到連撥個電話都極度困難。

****

亂的最高峰應該是落在爸爸你最後一次在北榮住院那次吧？你過世前兩個月。

那天晚上下班後，我一樣趕回公寓洗澡，然後去買媽媽和阿姨的消夜，還有媽媽快用完的維他命和維骨力。可是一進病房，氣氛還是一樣灰暗，彷彿隨時會爆炸。

媽媽還在為我要找外傭的事情生氣。外傭是必須的，不想明說，但是有些事情爸爸你已經開始不能自理了，我還要上班，而醫院的看護不穩定，長時間請花費很高。可媽媽不理解的氣憤著，她斜躺沙發上一點都不想動、更不想碰我買的東西。她不斷嚷著要回家，倒是阿姨很愉快地把所有消夜吃光光。

我愛阿姨，她是媽媽的親妹妹，雖然有考慮過請親近的阿姨幫忙照護的工作，可是生命各方面的不圓滿使得阿姨患有酒癮，因此在這個環節，我使終沒開口請阿姨來擔任這沉重的照護工作。

和媽媽道歉後，我們兩個很努力地假裝愉快聊天，卻怎樣也引不起共鳴。突然間，媽媽又開始唸了，甚至大聲地指著我：「妳結婚就叫妳爸帶外傭去就好了！」我心寒地看著媽媽，可爸爸你給我一個哀求的表情。我知道，你不希望再看到我們爭吵了。

那一夜就這樣，每隔兩個小時她就醒來一次弄東西、大聲吵鬧，而我與爸爸你只能假裝什麼都沒聽見，很有默契。清晨四點多，她叫醒阿姨說要馬上出發回去。我跳起來，頭髮隨便綁綁，胡亂刷個牙，沒有洗臉，就跟著她們出去。這時媽媽仍在氣頭上，叫我別跟，我還是默默地跟著。其實昨晚她在吵的時候我就已經訂好高鐵票，連公車都不會坐的媽媽不可能會自己回家。

從病房裡、出病房、上電梯、到提款機……她一路上一直罵、一直唸，唸到連提款機都不會按，還停下怒罵，叫我過去幫忙。提完錢，又繼續罵。當下我將耳朵跟心門關起，不讓媽媽的話給傷到，因為尚有理智的我知道那是媽媽她因為太過關心爸爸你，才這樣心煩意亂。

我叫了一台計程車，讓她和阿姨坐後座，我坐前座。等她罵完，一切都靜下來之後，我請計程車司機開冷氣，把窗戶關起來。我心中的壓力鍋還是爆發了，我看著窗外遠處很大聲地說：「妳、鬧、夠、了、沒！」

整車陷入有如深海般的寂靜，坐我身邊的司機不敢出聲地認真開車。我難過地說：「媽，妳知道爸爸的醫生他們說剩沒多少時間了嗎？半年都很奢侈！而你們是這樣在跟他度過最後的時光？媽，妳知道這段時間我有多累？心有多痛？身為一個醫師，連自己的爸爸都不能幫他，妳知道我有多痛苦嗎？

在急診室，有時候連一開始就已經死掉的病患，很努力、很努力地救，甚至最後可以正常地走出院。可自爸爸生病以來，我再努力，卻怎樣也趕不上腫瘤擴散的速度！我們已經快要沒有治療可以幫他了！而你們卻一直不斷出狀況，讓他傷心！

我們都是一家人，應該是要相愛的！很多事情都可以不需要爭執。妳、我、哥哥、嫂嫂，還有寶貝孫子們，可不可以一起同心合力照顧爸爸！用所有努力好好珍惜和他相處的時光？他需要保持好心情才能好好養病，不是嗎？

已經沒有多少時間了！一定要說得那麼清楚嗎？在急診室，我從來都不會跟病患或家屬說：『讓我們相信奇蹟吧！』但是我現在很需要奇蹟！

從小就最愛哭的我，自從他生病以後在他面前一滴淚都不敢掉，也盡可能避免任何讓他傷心難過的事情，我這麼小心地呵護他，你們卻……

可不可以？跟我一起、好、好、地、照顧他！

我真的、真的、真的只是想用盡所有努力好好寵愛他，就像小時候他寵我一樣寵他。用盡所有努力、花光所有積蓄、就是要寵壞他，因為我就快要沒有時間寵他了……」

到了那個連鐵門都還沒拉起來開張的高鐵售票口，我靜靜地在那邊等取票，卻不見媽媽。原來，她在柱子後面哭著打電話跟爸爸你道歉。我用證件換月台票陪她們上高鐵，這次，她很認真地學坐高鐵。接著，她說週末她要自己搭車上來陪爸爸你。

送走媽媽跟阿姨，我搭捷運回到醫院附近，然後在便利商店買一杯冰拿鐵邊走邊喝，轉換一下情緒。回到病房，我給你一個俏皮的笑容：「ＯＫ了！」

「剛剛我在路上唸了媽媽一頓，我說你生病已經夠辛苦了，你需要的是我們的關心和愛。我們應該站在同一陣線好好照顧你，而不是做一些讓你傷心的事。」我說。

你給我一個微笑：「對啊！我已經很不舒服了，這樣會讓我更難過。難怪她剛剛打電話跟我道歉。沒事就好！」

我兩手插胸前假裝睥睨地看著爸爸你：「兩件事情：第一整件事情看下來，我真的佩服你的修養，媽媽的脾氣有時候真的讓人難以招架，也不管你是不是病人。第二，你說實話喔！媽媽年輕的時候一定是太美麗，所以你們那群想追她的男生把她給寵壞了！那時候連發脾氣的樣子都好可愛，可以被原諒。是不是？是不是這樣啊？所以，是你把她給寵壞了！」我俏皮地壓著你的肩膀。

你苦笑著點點頭：「嗯！好像真的把她給寵壞了喔……」

後來，我跟先生說了這場大風波。他卻反過來說：「說什麼她都是妳母親。再來，有沒有想過，這會不會是她抒發傷痛的方式？雖然妳父親非常愛妳，但是她才是用一輩子去和妳父親相處的人，她所承受的痛和驚恐，也許是妳無法想像。」

當頭棒喝！

這些內心的糾結凌亂，爸爸你當時都不知道吧？

我的最高準則就是「保護你」、「呵護你」、「珍惜你」……其他的是沒有多餘的心力，還是已經亂了，搞不清楚了。

回到步調更緊湊的急診室，每每我想要家屬或是病患「靜下來」、「不要亂」的時候，總會想到其實自己也很難做到。

我知道，爸爸你現在想跟我說：「那時候真的是辛苦妳了！」

我沒關係喔！只要你不要忘記我愛你就好了！

夢不到你

到急診主訴胸痛的病人，十個大概有九個多不是急性心肌梗塞。但是面對每個主訴胸痛的病人，我們還是有很嚴謹的流程，因為如果是急性心血管疾患，就是要跟死神面對面挑戰、分秒必爭的時刻了。

不過，還是有些人一開始就可以預測應該不是了，通常是更年期左右或更年輕的女生，沒有心血管疾病危險因子（三高、抽菸、家族病史）。女生心思細膩，比較容易被觸動情緒而表現出心悸、胸悶、喘不過氣的感覺，甚至四肢發麻無力。所以，後來還針對這個族群把他們歸類於「自律神經失調」，可是在醫學院時期，自律神經失調最初的醫學定義並不是指這樣的狀況。

可是，當你告訴一位已經在心悸、胸悶、因為過度換氣而錯覺自己快要窒息的、甚至恐懼自己是不是快要死亡的女生說：「放輕鬆、不要緊張，妳檢查出來心臟沒有問題喔！這幾天睡得好不好啊？壓力大？最近有沒有讓妳傷神的事情？有沒有跟先生、家人吵架？」

「醫師，言下之意，妳認為我是裝的嗎？我緊張焦慮？還是妳根本認為我是神經病！」病患極有可能這樣回。

而且很多時候，病患對於「壓力」本身都不自覺，或是否定壓力的存在。所以，不知道從什麼時候、是哪一位醫師開始把這類病患換成一個比較可以接受的診斷──「自律神經失調」，給自己和病患一個台階下。不過，這些病患最後被開立的藥物多半是鎮定安神藥物。

自律神經失調──Autonomic Dysreflexia 或 Autonomic Dysfunction是指自律神經系統（我們不能主動控制的神經反應──像是瞳孔、心跳、腸胃道蠕動、性反射等等）因為年紀大、糖尿病、感染、自體免疫等等遭受到破壞所導致的。比如說，一位有慢性糖尿病的老先生昏倒被送到醫院，最後我們發現：他的血壓和心跳失去了自動反應的功能，所以突然間從躺著起身站起來的時候，自律神經失調，血管沒有反射性收縮和心跳無法瞬間加速，血壓在站起來的瞬間無法被維持、反而降低，血液打不上腦袋，突然眼前一片黑而昏倒。但是這位老先生需要的絕對不是鎮定安神藥物。

等等，又要去跟一位在檢傷站就自述胸悶、懷疑自己是不是急性心肌梗塞的中年婦女解釋她完全正常的檢查——除了血液氧氣分布看得出來是處在「過度換氣」的狀態。

每次去解釋，總需要先深吸一口氣，相對於委婉，我還是比較希望坦誠、直白，不然病患老是在繞死胡同、走不出來、無法面對真正的問題。但是偶爾還是會被病患否定，甚至生氣、投訴。

「妳剛剛報告都出來了，全部都正常！沒有發炎、沒有貧血，基本的糖分、肝腎功能、電解質等等都正常，最重要的心肌梗塞的指數、心電圖、還有胸部X光都正常，除了有個檢查看得出來妳是處在『過度換氣』的狀態。這個，跟妳原本一開始想得是不一樣的，妳並沒有缺氧而呼吸變快，妳是不自覺地呼吸太快，讓自己處在過度換氣的狀態，這個時候，妳會錯覺自己缺氧、胸悶，甚至會手麻腳麻、抽筋。其實相反的，這時候妳身體裡面的氧氣濃度太高了，妳需要的是，吸氣吸慢一點，甚至乾脆睡一下，試著放輕鬆，雖然有點困難。」病患和她一群陪伴她的閨蜜們都很認真地聆聽，目前還沒有人有要爭議的樣子。我在心中倒吸一口氣。

「她不是心肌梗塞，那她為什麼會這樣呢？」坐在病患床角的閨蜜A先發問了。

「請問妳是她的？」我問。

「我們都是她的好朋友！」閨蜜B溫柔優雅地回應著。

這群閨蜜還真的都挺美麗幽雅的。

「我可以繼續說嗎？」我看著病患。

病患把手放在胸口，輕輕點頭，彷彿可以看到哀傷從她的眼角垂落到胸口。

「其實這很常見，尤其是我們女生。多半是壓力，這個壓力可以不用很明顯。所以，最近還好嗎？睡得好嗎？生活中有沒有什麼壓力？」我問。

另一位站在她身邊的閨蜜C握著病患的手說話了：「她這幾天應該都沒什麼睡。」

「可以知道是什麼原因嗎？」我問。

「她先生上個禮拜在她眼前猝死。」閨蜜們都用憐惜的眼神看著她。

「是急性心肌梗塞。」她說話了。

「啊！這個應該很難……」我居就這麼脫口了。

「我好想他！晚上一個人對著黑暗的空氣，希望他可以來找我。我真的好想他啊！」這名女病患難過地說著。

我也做過這樣的事情，在爸爸你離開整整第三年的那天，我和曉玲白天一起帶孩子去海邊玩，那天先生出差，要互道晚安的時候，我說：「三年前的今天我爸離開了。」

「妳相信那個嗎？」曉鈴問。

「妳知道我是基督徒，我是醫師，我相信科學。」我說。

「老人家他們都這樣說的。有什麼事情，祂們在離世後三年，能交代的交代……三年一到，祂們就會離開人世間。」曉鈴說。

是這樣嗎？

你離開的一個多月後，我陪先生到拉斯維加斯賭城開會，他很早就出飯店，而沒有在急診室上班的我，就是直接轉換冬眠熊的狀態，管它是什麼度假勝地。

黑暗中電話聲打斷了深沉忘我的夢境，電話上的十一線閃爍著紅燈，我翻身按下十一號按鈕、接起電話：「嗯……」

「是我！」這熟悉再不過的聲音讓我完全清醒過來。就像你每次要出差前打電話讓我為你訂飯店、訂車票……的電話開場白。

「我知道！」我說。

「我只是要讓你知道我一直都在！我很好！只是我的身體已經……妳知道的！但是我很好！」

哽咽到連說話的力氣都沒有，我涕淚縱橫。

「嘟、嘟、嘟、嘟……」電話另一頭突然斷了。

在黑暗中，試著搞清楚人事時地物，按下床頭燈，另一手還握著電話，只是，電話上面沒有十一線，那剛剛的電話……

是爸爸你嗎？真的是你嗎？我是這麼相信科學的。

第一次讓我懷疑這些事情的存在，是在那個只有我們兩個人的病房夜晚。空氣像是被什麼巨大力量撞擊似地，我驚醒過來，看到你痛到盜汗卻又捨不得叫醒我。趕緊請護理師來打止痛針。

「剛剛妳爺爺來過、我當兵的好朋友陳叔叔來過、村裡的誰誰誰來過……我們聊得很愉快！」你說的這些全都是已經往生的人。

我從來沒有遇過這樣的事情，但是你似乎在告訴我你真的要往那條路走了，我還不想面對，可以有選擇權嗎？可以喊停嗎？可以醒過來然後發現這只是一場惡夢嗎？

「其實妳可以不用那麼辛苦！如果沒有辦法救我，也沒有關係！我有很好的信仰！我不害怕！隨時都可以再去找他們！」你說。

記得我將我的右手放在胸口說：「可是我這裡會痛啊……」我是認真的！

但是你回給我一個笑容，彷彿在跟我說：「我懂！但是妳必須要更勇敢！我的確是要往那條路走，時間不多了！」

那個夢，我想要相信真的是你，不然，就只剩下你曾經用過的東西、寫過的信，可是我一直記得我有個全世界最棒的最愛我的父親啊！他曾經存在！不！他一直存在著！

＊＊＊＊＊＊

你離開後我和先生第一次吵架的夜晚，其實沒有什麼太嚴重的理由，但是我也不想說什麼，只想靜靜地放空。他睡客房，我坐在床角的地板上跟心裡的你說話：「如果你有看到，一定覺得很好笑吧？這樣也可以吵架。我知道，生氣不能到太陽落下……只是我是在太陽落下之後吵架的，現在也沒有生氣了，只是累了，也承認自己滿無理取鬧的，明天再跟他和好好嗎？你一定覺得我很好笑吧！」

深夜裡，電話又響起了，又是爸爸你熟悉的聲音：「是我！我要走了！祂們等下就會來接我了。」

「等下我要帶一個病很重的人一起走，我最後是怎麼樣？」你說。

感覺上你想要友善主動認識那個病很重人，從先自我介紹開始。

「後來沒有辦法阻止癌症擴散，腫瘤到處吃，你開始變得很嚴重，腳都腫得很粗，輕輕碰還會出水，肚子也很大，醫師從裡面一次可以抽五千多西西的血水。醫師給你的藥讓你不會痛苦，可是你一直睡，不是很清醒。請原諒一直沒有跟你誠實，看你那樣其實我很難過，但是我不想讓你知道。」我邊說邊哭。

「我知道！謝謝妳！謝謝妳為我做的一切！有你這樣的女兒我真的是太幸福了！」你說。

「我也很幸福！謝謝你這麼勇敢！所以我也想一起勇敢，雖然……」我哽咽著。

「祂們來了！我們要走了！」你沒等我說完，你就掛電話了。

「祂們？祂們是誰？」問題沒能得到答案，電話斷線了，我從滿臉的淚水中醒來。

對話太真實了，我直接用隱藏的方式紀錄在我的網誌日記裡。再也睡不著了。天一亮，就跑去給先生一個擁抱。那天晚上，婆婆打電話給我，告訴我她的哥哥過世了。

我完全不知道前一陣子他住院而且還住進加護病房的事情。

爸爸你認識他啊！我們的美國之行，來到堪薩斯州跟先生的家人相聚，你跟他就坐在一起，你們的共通話題就是當兵，你在金門，他在世界大戰裡開戰鬥機，你們聊得很愉快。婆婆跟我說他前一晚過世的消息，我不知道要說什麼，沒有人會相信我的。

所以，那個重病的人是他嗎？

其實，你離開後，我夢到你很多次，每一次在夢的最後，我都可以分辨是夢境。但是，這兩個電話的夢，真的是你嗎？相信科學的我，流著矛盾的淚水居然還是想要相信是真的！

******

回到前面講到的喪夫女病患，面對著她，我無言許久……

抿著口罩後面的嘴唇：「我可以給妳一個擁抱嗎？」我說。

緊緊地抱住她之後，我往後退一步。

「知道妳的抽血報告，他應該非常高興！這幾天都憔悴成這樣，整體還是很健康沒問題的！」我說。

「妳知道嗎？妳不需要也跟他一樣得到心肌梗塞啊！如果看到妳這樣，他會很難過的。」我接著說。

「可是我真的好想他！連夢都夢不到他……啊！他不想我嗎？不能來我夢裡嗎？一次就好！一次也好……」她哭了。

我再次抱著她：「我知道！我知道……」

就這樣靜靜地、靜靜地，原諒我一直沒有學會最合適的安慰話語。面對至愛離開人世的功課，我到現都還在體會……

你離開整整三年的那個夜晚，小比勇很早就睡著了。

「今天晚上不打擾妳！妳好好跟他道別。」曉玲傳簡訊給我。

我真的就一個人坐在客廳裡，不開燈，月光穿過窗櫺剛好斜映在我的臉上，我抬頭望著天，閉上雙眼，淚水就這麼大剌剌地不斷從兩側臉頰滑下。

想起那時候知道你有肝臟轉移之後接受第一次腫瘤拴塞手術，折騰了好幾個小時，放射科醫師精湛的醫術還是輸給那顆長在導管怎樣都搆不到的地方的腫瘤。他們請我進去看，放射科醫師和我看著螢幕畫面之後，面面相覷……原本抱著希望的，卻無言以對……

我看著玻璃牆另一邊的你痛到冒冷汗及面色蒼白，上前去安撫你，確定你的血壓穩定後，請他們給你注射鎮定止痛藥。回到病房的你累癱了，睡得好熟。我卻怎麼也睡不著，不斷想著：那接下來該怎麼辦？我們還有什麼方法？你能承受多少？以這樣的速度不斷長大的腫瘤，又會留給我們多少時間？

一直以來，我是家中那個最濫情、最噁心到極點的傢伙。因為我總是把你那句「有很多事情，要緊緊把握，不然就沒有機會了！」放在心裡，從小就很不喜歡後悔的感覺！

因此，我喜歡抓住機會跟你撒嬌，做很多事情或是直接告訴你們我有多愛你們，連和哥哥吵架，都可以回：「你怎麼可以這樣對我，難道你不知道我很愛你嗎？」

所以，我想要再說一次說那時候在病房裡對著熟睡的你在心裡說的話：

「我好想知道，睡夢中的你，知道我很愛你嗎？請你、永遠、都要知道我很愛你！永遠都不可以忘記！答應我、永遠⋯⋯」

國家圖書館出版品預行編目資料

父刻回憶：獻給最思念的你／田知學著.
-- 初版. -- 臺北市：臺灣東販, 2020.09

288面；14.7×21公分

ISBN 978-986-511-434-3(平裝)

863.55　　109010625

父刻回憶
獻給最思念的你

2020 年 9 月 1 日初版第一刷發行

作　　者　田知學
主　　編　陳其衍
編　　輯　王靖婷
封面設計　鄭婷之
特約設計　麥克斯
發 行 人　南部裕
發 行 所　台灣東販股份有限公司
　　　　　＜地址＞台北市南京東路 4 段 130 號 2F-1
　　　　　＜電話＞（02）2577-8878
　　　　　＜傳真＞（02）2577-8896
　　　　　＜網址＞ http：//www.tohan.com.tw
郵撥帳號　1405049-4
法律顧問　蕭雄淋律師
總 經 銷　聯合發行股份有限公司
　　　　　＜電話＞（02）2917-8022